bromera

ESPURNA

ÚLTIMS TÍTOLS PUBLICATS

109. *L'aurora de la fi del món.* Pep Castellano
110. *Història de Sam. Deus ex machina.* Vicent Enric Belda
111. *Una lectura perillosa.* Lourdes Boïgues
112. *L'increïble viatge a l'Illa Gran.* Josep Millo
113. *Tzoé.* Isabel-Clara Simó
114. *La clau que obria tots els panys.* Carles Cortés
115. *A boca de canó.* Manel Àlamo
116. *L'última cursa de l'home fort.* Alan Monroe-Finch
117. *Sóc una màquina!* Jordi Sierra i Fabra
118. *La venjança dels Panteres Negres.* Gemma Lienas
119. *La mèdium.* Silvestre Vilaplana
120. *La neu interminable.* Agustín Fernández Paz
121. *Per què tot em passa a mi?* Josep Millo
122. *L'expedició del doctor Balmis.* María Solar
123. *Vampirs, friquis i tacons d'agulla.* Lluís Miret
124. *El triangle rosa.* Silvestre Vilaplana
125. *La primera onada.* Mariló Àlvarez
126. *L'infinit a les teues mans.* Enric Senabre
127. *El misteri de la Casa Folch.* Leandro Sagristà
128. *Dies dolents (però dolents de debò).* Jordi Sierra i Fabra
129. *Estic insuportable, i què?* Vicent Sanhermelando
130. *L'ombra del pare.* Pasqual Alapont

Av. Areners, s/n (Pol. El Pla) - 46600 Alzira
www.bromera.com
Disseny de la col·lecció: Pere Fuster
Coberta: Edicions Bromera
Impressió: Romanyà-Valls

1a edició: setembre, 2015
2a edició: octubre, 2019
ISBN: 978-84-9026-532-1
DL: V-1775-2015

PAPER ECOLÒGIC
TCF LLIURE DE CLOR

FOTOCOPIAR LLIBRES
NO ÉS LEGAL

LLIBRE AMIC DELS BOSCOS
PAPER PROCEDENT DE FONTS RESPONSABLES

A BOCA DE CANÓ

Manel Àlamo

ESPURNA
bromera

Aquesta novel·la no hauria sigut possible sense l'ajuda generosa d'amics com Óscar, Loles, Àngels, Andreu, Sara, Anna i Jaume. Tampoc voldria oblidar els companys ni, sobretot, els alumnes de l'IES Antonio Sequeros d'Almoradí. A tots, moltes gràcies per voler acompanyar-me en aquesta nova aventura literària.

Però, per damunt de tot, A boca de canó *està dedicat a Laura, a Mar i a Paula. Per totes les nits d'hivern que hem caminat separats*

EXERCICIS D'ESCALFAMENT

El senyor Castany i jo arribàrem al camp de futbol tot suats i amb la respiració més agitada que el motor de l'autobús de la postguerra que fins fa poquet encara funcionava al poble. Era el gran dia. La final del campionat d'Espanya femení juvenil. El moment que Vera i les seues companyes havien somiat durant tot l'any.

Va faltar ben poc perquè no hi arribàrem a temps. Coses de l'edat. De la tercera edat, vaja. Jo ja feia uns quants anys que m'ajudava a caminar amb una crossa i el senyor Castany havia de parar cada cinc minuts per respirar. En certa manera pareixíem Paul Newman i Robert Redford en *Dos homes i un destí*, però amb cinquanta anys més. Quina parella!

Abans d'entrar, el senyor Castany em demanà permís per a traure el mocador i torcar-se la suor. Un somriure sorneguer em posà un toc d'alegria al rostre. I Castany, fent-se l'ofés, em digué que no riguera tant, que jo no feia molt millor cara. Per fi, quan aconseguírem que les nostres constants vitals s'assemblaren una mica al que un llibre de medicina emmarca dins de la normalitat, accedírem al camp. Quin ambient! Música, balls, aplaudiments...

Els aficionats del nostre equip estaven a la graderia d'enfront, però Castany, que aquell matí havia caminat el doble del que acostumava a recórrer cada setmana, em demanà, per favor, si podíem seguir el partit des d'allí. I per no dur-li la contrària, vam seure als primers seients lliures que vam trobar. Ara, s'ha de dir que la ubicació no era la més idònia. Érem just darrere de la porteria del gol sud, des d'on a penes es veia res. En aquell moment els dos equips acabaven els exercicis d'escalfament. Vaig tractar de localitzar Vera, però l'equip escalfava en l'altra porteria i era evident que jo ja no tenia la vista d'un xicon de vint anys.

–Llavors, senyor Sabater... M'ha dit que l'equip de la seua xica... és el que vesteix de... de blanc i roig?

–Com que de blanc i roig, senyor Castany! No li he dit tres vegades aquest matí que l'equip de Vera juga amb els mateixos colors de l'Holanda de Cruyff?

–Sí... sí... És clar que sí... Com l'Holanda de... Cruyff...

Cinc segons de silenci després, durant els quals jo tractava d'ajustar la vista per tal de trobar Vera, Castany, sorprenentment, preguntà:

–I, don Àngel, si no és molta molèstia... De quin color juga l'Holanda d'eixe tal... Cruyff?

–Mire, senyor Castany, no s'ho prenga malament, però m'està esgotant la paciència. Són les que van de taronja! Les que estan a l'altra porteria! Però, en quin món viu vosté?

–No es pose així... No li he dit que no tinc ni idea de futbol?

Em van entrar unes ganes terribles d'alçar-me i d'agafar-lo del coll.

–Home, una cosa és no tindre ni idea de futbol i una altra no haver sentit mai parlar de Cruyff! Això és cultura general, home!

El senyor Castany es va fer el sord per evitar més conflictes.

–I quina de totes és Vera?

–Des que ens hem assegut intente trobar-la, però com hem triat les pitjors localitats de tot el camp no hi ha manera de... Sí, mire-la, eixa! La que corre per la banda dreta! Veraaaa! Veraaaa!!!

Em vaig alçar i vaig agitar els braços repetidament. Però la xicona estava tan concentrada, que a pesar que en aquell moment mirà cap a nosaltres, no ens va reconéixer. Vaig tornar a seure i, mentre els dos equips es retiraven cap als vestidors per rebre les últimes instruccions, el genoll esquerre començà a tremolar-me.

–Està nerviós, senyor Sabater? Si, total, és un partit...

–No, senyor Castany, s'equivoca. No es tracta només d'un partit. Vera i les seues companyes han treballat molt. Fa a penes un any, ningú podia imaginar-se que arribarien tan lluny... I ací les té... A punt de guanyar el campionat d'Espanya...

–Supose que vosté deu estar molt orgullós d'ella.

–I tant que sí! Ha sigut un any molt complicat per a Vera. Només el fet d'arribar ací ja és un gran premi.

–Complicat? Per què?

–Uf, és una història molt llarga...

–No es preocupe, senyor Sabater, m'agraden les històries llargues.

–Doncs bé, com vulga, serà un plaer contar-li-la...

PRIMER TEMPS

1

Si hem de posar un principi a aquesta història, trobe que la data més indicada és l'1 de setembre de 2009. En aquells dies, les nostres vides orbitaven en galàxies separades per milers de milions d'anys llum. Ella era una adolescent en guerra permanent contra el món, amb una certa tendència per a buscar-se problemes i sense massa interés pels llibres. I jo, un home amargat, autodestructiu i envellit prematurament.

Aquell matí, com vaig saber després, Vera i la seua amiga Judit arribaren a l'aula de tercer C de l'institut de Patraix agafades de les mans i fent autèntics esforços per no caure de cul. Me les puc imaginar, quina parella! En aquella època, Vera era una xicota més aviat baixeta, a penes superava el metre seixanta. Prima, molt prima. Tant, que si es posava de perfil, les males llengües deien que podia fer-se invisible. Però aquella feblesa aparent contrastava amb un temperament explosiu, capaç de transformar en huracà un bufit. Li agradava dur els cabells curts i punxeguts, que cada dia electrificava amb interminables descàrregues de gomina d'una marca desconeguda.

Judit era la seua companya de batalles i sòcia predilecta en negocis, diguem-ne, no massa recomanables: en l'embolic on es clavava una, l'altra no hi tardava a caure. Eren, a més, com dues gotes d'aigua i molta gent pensava que eren bessones, tot i que les seues famílies no tenien res a veure. De fet, quan les vaig conéixer només vaig detectar tres diferències significatives: la primera, el color dels ulls; Vera els tenia marrons i Judit, verds. La segona, el pírcing que s'havien posat al llavi; Vera el duia a la part dreta, mentre que la seua amiga, a l'esquerra. I per acabar, la talla de sostenidors; situació, segons que conten, que va acomplexar una miqueta Vera en començar l'institut.

Aquell matí havien d'examinar-se de tres de les sis assignatures que havien suspés al juny. Fins i tot en això s'havien posat d'acord les dues amigues. Però en eixir de casa s'entretingueren uns quants minuts al parc de l'Oest. Quan arribaren a l'institut feia més de cinc minuts que el Cento i la Barbie (com tothom coneixia els de valencià) havien repartit l'examen. Els ulls enrogits i la fragància de marihuana fresca que els envoltava com un núvol radioactiu, deixaven ben a les clares el motiu d'aquell retard.

–Aquestes són hores d'arribar? –els preguntà el Cento, que, per la cara que feia, no tenia massa clar si deixar-les entrar o enviar-les directament al director.

–Vinga, seieu! –els ordenà la Barbie, bronzejat de Xàbia, ulleres de sol sobre els cabells i color de llavis a joc amb les sabates.

Vera agafà l'examen i l'analitzà amb una ullada ràpida. «Ni puta idea... Una notícia... O una crònica? Completa els espais buits amb *b* o *v*... Completa-ho tu, Cento... La *s* sonora i la sorda... Sí, sí, que li compren un *sonotone*, que la pobreta *s* es veu que no hi sent bé... És clar, no podien faltar els febles, les subordinades i el desgraciat de sant Vicent... Mira, te n'has passat dos pobles...»

Encara no havien ni escrit el nom, quan Vera deixà caure el cap sobre la taula i, tot i que es tapà la boca amb les mans, no pogué evitar que se li escapara del fons de la gola una rialla asmàtica i impertinent, com la del gos d'aquella antiga sèrie de dibuixos animats que ja quasi ningú recorda.

–Es pot saber de què rius? –el Cento començà a pensar que no havia sigut un encert deixar-les entrar.

Vera continuava sense alçar el cap de la taula. Cada segon que passava li costava un poc més controlar la rialla. Judit també esclafí a riure. La Barbie començà a perdre els papers i amb els crits provocà que en poc de temps tota la classe es contagiara de la hilaritat de Vera.

–Silenci! Sileeenciii! –el Cento colpejava la pissarra amb les manasses de llaurador que havia heretat, deien, de son pare–. Voleu fer el favoor de callaar! O comence a llevar punts!

–Que sou sords? –bramà la Barbie–. Ja n'hi ha prou!

Però ningú no els feia cas. I, pel que em van contar, la festa s'hauria prolongat fins l'endemà si no s'haguera produït la intervenció de Mostatxet, el cap d'estudis, que alertat per l'aldarull, hi va acudir a posar ordre. En veure'l arribar, amb el bigotet perfectament perfilat sobre el llavi superior, la mirada gèlida i una tempesta de llamps i rellamps a punt d'esclafir-li sobre el front, tothom callà, com si s'hi haguera presentat el mateix comte Dràcula.

–Es pot saber què passa ací –preguntà, secament, sense mirar directament a ningú, ni posar massa èmfasi en el signe d'interrogació.

–Vera. Què vols que passe, Adolf –respongué el Cento.

–Sí que comencem prompte enguany... Vinga, agafa les coses i acompanya'm al despatx.

Vera, que encara no havia aconseguit tallar del tot la rialla, s'alçà, agafà l'examen i li'l donà a la Barbie.

–Que sàpies, Vicent –digué Vera dirigint-se al Cento–, que no oblidaré mai aquest examen. M'ha arribat a l'ànima... –i tornà a riure.

El Cento l'acomiadà amb una mirada pròpia de pel·lícules de l'oest, mentre Mostatxet l'agafà del muscle i la va espentar cap a fora.

El despatx del cap d'estudis era a la planta baixa, al final d'un passadís que començava darrere de la secretaria. Aquella era la zona restringida de l'institut, l'autèntica àrea 51 del centre; on només t'hi permetien accedir si eres professor o si portaves un catàleg de llibres davall del braç i feies pinta de comercial. I, això sí, després d'un control de seguretat rigorós per part de Sal·lustià, el conserge que havia inaugurat aquell institut, quan Franco encara s'aclaria a fer-se la ratlla al mig.

–Seu –li ordenà Mostatxet, secament, mentre marcava el telèfon de sa casa, que ja el sabia de memòria–. Hauria de fer-te vergonya... Ta mare deixant-se la pell tot el dia perquè tingues un futur digne... I tu, com li ho pagues? Passant de tot, armant-la a classe... Hui què, també ens hem fumat un porret?

–El que faça en el meu temps lliure a tu no t'importa, Adolf.

–Que no m'importa, dius? Que no m'importa? –Mostatxet penjà el telèfon després de sis tons–. Mira, xiqueta, si penseu que la meua faena és amargar-vos la vida a tu i a tots els que, com tu, vos fumeu el vostre futur o el tireu per la tassa del vàter, esteu molt equivocats. No pots ni imaginar-te com em dol veure, any rere any, persones amb tantes possibilitats com tu, que, després, no sou capaços d'agafar un llibre i malbarateu el talent que teniu. Ta mare hauria pagat, em sents, hauria pagat per poder tindre l'oportunitat d'estudiar, com la tens tu...

–Ja està bé de parlar de ma mare, Mostatxet!

Adolf emmudí. Era la primera vegada en deu anys com a cap d'estudis que algú tenia el valor d'amollar-li a la cara el seu malnom.

–Tu què saps de ma mare?! –continuà Vera, ja entre llàgrimes–. Ma mare és una desgraciada, com ho va ser la meua iaia i com ho seré jo... Ho portem a la sang i punt! Això és així... Saps quan va ser la primera vegada que vaig veure ma mare drogada... Ho saps!? És clar que no ho saps, perquè si ho saberes, segurament, no m'hauries parlat així... Tres anys! Tres anys! I puc assegurar-te que no ha sigut l'última ni la penúltima vegada que l'he vista així... Me'n vaig, Mostatxet, me'n vaig. Ja ens veurem quan comencen les classes. I que conste que només vindré perquè encara no tinc els setze i passe que els de serveis socials em busquen més problemes... Però a partir del vint-i-set de febrer, ací no em tornareu a veure l'ombra en la puta vida... Queda clar?

Adolf Revert Giner, Mostatxet des que li ho va traure Joan Josep Sanchis Rodríguez el curs 1995-1996, assentí en silenci i la deixà anar-se'n. Mentre s'allunyava, aquell veterà cap d'estudis començà a sospitar que el curs no seria fàcil.

Més o menys a la mateixa hora, vaig tancar la porta del pis i, espitjat per la màgia secreta que m'havia proporcionat la tassa de conyac tocadeta de café que m'acabava de beure, me'n vaig anar cap a l'ascensor, surant i surant, com una palometa segrestada pel vent. Me n'anava al metge, perquè ja feia un parell de setmanes que notava que alguna part de la maquinària del cos em funcionava encara pitjor de l'habitual. Estava convençut que algú m'havia contagiat eixa grip A tan perillosa de la qual parlaven tots els telenotícies.

Com cada dia, m'havia vestit amb un dels dos xandalls que alguna ànima caritativa m'havia deixat feia uns anys dins d'una capsa de cartó a la porta de casa. També, com cada dia, m'acompanyava Maria Victòria, ací la té, la crossa a la qual estic unit en sagrat matrimoni des de fa més de trenta anys, quan Eugenio Meléndez, un central de l'Espanyol emparentat amb la família d'Àtila, em va fer pols el genoll. Era el dia que debutava amb el València. Sí, com ho sent, vaig jugar al València. Encara que només fóra per uns quants minuts... Ah, que per què li vaig posar el nom de Maria Victòria a la crossa? Uf, han passat molts anys, ja ni me'n recorde...

–No pot ser! Cada setmana igual! –vaig esclatar en veure el cartellet que penjava de la porta de l'ascensor que avisava que estava avariat–. Com vos agrada veure un pobre coix baixar els cinc pisos a peu! Vos encanta fer-me la vida impossible!

Però ja ningú no em prenia seriosament. Amb el pas dels anys, els crits s'havien convertit en un soroll més d'aquella antiga finca del carrer d'Aiora, on malvivia. Com les sirenes de les ambulàncies que s'escolaven per les finestres; com les martellades del mecànic que acompanyaven els primers rajos del sol; o com la ràdio de Maties, el del primer, que tractava d'endolcir la solitud que patia des que la grip del 1988 el deixà viudo. Sí, ho he de reconéixer, m'enfadava per tot. Aquell dia va ser per l'ascensor. Un altre dia podia ser perquè el president em reclamara el rebut de la comunitat. O, fins i tot, perquè la temperatura de l'oceà Índic baixara mig grau. El ressentiment i la ràbia acumulada durant els anys m'havien convertit en un personatge sinistre de pel·lícules de sèrie B.

Per fi, cinc minuts després d'haver xafat el primer escaló dels 54 que separaven ma casa de la civilització, vaig arribar al carrer. Estava fatigat; la suor m'esvarava pel front i les cames descobriren una tremolor que no tardaria a quedar-se a viure amb mi, ja per sempre.

I com manava el llibre d'estil, en tocar el carrer, em vaig encendre el primer cigarret del matí.

Encara no havia arribat al semàfor, quan l'únic núvol que hi havia a València se'm plantà damunt del cap. Maria Victòria, sempre atenta, em va recomanar que tornara i que agafara un paraigua, que així evitaria un refredat innecessari. Però, com en altres ocasions, vaig decidir fer-me el sord i vaig continuar avant. Per desgràcia, com ocorria massa sovint, Maria Victòria tornava a tindre tota la raó. En pocs segons s'originà una tempesta esgarrifadora. L'aigua queia amb tal contundència, que els més vells de la ciutat començaren a senyar-se, en vindre'ls a la memòria la terrible riuada del 1957. En fi, quan vaig arribar al centre de salut va faltar poc perquè em llançaren un jupetí salvavides perquè no m'ofegara.

I coses de la màgia negra o dels mals d'ull, no feia ni trenta segons que m'havia assegut a la sala d'espera, entre calfreds i esternuts, quan els núvols començaren a desfer-se, algú en el cel pintà les set barres de l'arc de Sant Martí i, a poc a poc, deixà de ploure.

–Té collons la cosa, Maria Victòria! Fins i tot el sol està en contra nostra!

Vera i sa mare vivien llogades en un pis miserable d'una finca molt humil, que no tenia ni ascensor, d'un carreronet que desembocava a l'avinguda de Tres Forques. Poc després de les onze, Vera i Judit se n'anaren cap allà, amb no massa bones idees, després de deixar en blanc tots els exàmens. Vera esbufegà tres vegades, com un bou a punt de sortir a la plaça, abans d'introduir la clau en el pany. Qui sap si Mostatxet havia parlat amb sa mare i aquesta l'esperava asseguda al sofà del menjador, amb la perruca, el ganivet i la psicosi de Norman Bates. Judit, previnguda, va preferir quedar-se al carrer.

–Maaamà, maaami! –Vera esperà la resposta des del replanell, sense atrevir-se a entrar–. Pares per ací, maaamiii?

Ningú no va respondre. Vera, segons que em va contar, va entrar caminant de puntelletes, com recordava haver-ho vist en alguna pel·lícula d'espies. Potser mami estava dormint després d'haver passat tota la nit netejant les oficines d'aquell polígon infernal. Des del corredor, encara sobre la punta dels dits dels peus, va introduir el nas a l'habitació de sa mare i va comprovar, alleugerida, que el llit encara estava fet. Ufff... Però el perill no havia passat. Mami podia estar a la dutxa. Xissst! Sense fer cap soroll i contenint la respiració, les puntetes dels dits dels peus la van traslladar al lavabo. Ufff... Ara sí que podia respirar completament relaxada, allí no hi havia ningú. Llavors, l'operació *Dinar al Foster's* seria molt més fàcil del que Vera i Judit havien sospitat.

Lentament, ara caminant amb tota la planta del peu, la xicona es dirigí a la cuina i agafà un tamboret per poder arribar a la part més alta del moble. Vera aconseguí obrir l'armariet i darrere de tots els pots de conserva i algun paquet de papes, va distingir una capsa de llanda mig rovellada. Amb l'alegria de qui descobreix el Sant Graal va agafar la *caixa secreta* on sa mare amagava els pocs diners que el seu estil de vida li permetia estalviar.

–Però què veuen els meus ulls?! –exclamà Vera en trobar-se una bosseta de plàstic reblida de cabdellets de marihuana i cinc bitllets de vint euros–. Bé, mami, no em deies quan era una xiqueta que s'ha de compartir? Doncs això, compartirem.

El bar de Vicent estava apegat a la parròquia del barri. Quan dic apegat, vull dir que tan sols el cable de la companyia de telèfons –que devia tindre sis o set mil·límetres d'amplària– separava l'església dels que adoraven Crist, de la meua, la dels feligresos de Bacus, el déu del vi. El bar (i dic bar amb molta generositat, perquè no he trobat una paraula millor per a definir aquell tuguri) era un poc més gran que una caixa de cartó de les que gasten per a guardar les neveres. Feia més pudor que les clavegueres de la ciutat, els dies que els núvols anuncien pluja. I reunia la clientela més selecta del barri. Què puc dir de Vicent. Mai de la vida he conegut ningú tan obsessionat amb els diners com ell. Si alguna vegada visita el barri, deixe's caure pel seu antre i observe com li brillen els ulls al molt cabró, a mesura que s'adona que els clients van perdent la raó i són incapaços de contradir la voluntat de l'alcohol. Quants fetges deu haver fregit ell sol! Per no parlar de les sessions de pòquer que organitzava al magatzem, ocultes als ulls de Déu i de la llei, gràcies a les quals sempre s'emportava un pessiguet ben sucós. Aquell matí, com quasi tots, vaig ser abduït pel cartell que anunciava «tapa i quinto a euro». Maria Victòria no em digué res; però amb aquell silenci reprovador n'hi hagué prou.

–Xe, Angelet –digué el malparit de Vicent consultant el rellotge–, si ja anava a posar-te falta; com és que t'has retardat tant?

–El metge... Hui tocava metge... I saps què m'ha dit, el recabró... Que m'he de cuidar més o no arribaré a vell...

–Doncs, no se'n parle més, si el doctor diu que cal cuidar-se, ens cuidarem... Què vols, el que prens sempre?

–Sí, Vicentico, sí. Comencem amb una cerveseta i un platet de tramussos... I després ja veurem... Ah... Saps què més m'ha dit eixe cabronàs de don Francesc... Que deixe de fumar! Tu creus que es pot ser més fill de puta! Eixe el que voldria és soterrar-me demà mateix... Vinga, acosta'm també el cendrer, que me'n fumaré un a la salut del desgraciat del metge.

–Ací tens... Per cert, Angelet –Vicent va abaixar la veu i em va parlar a cau d'orella–, hui el carnisser m'ha tornat a preguntar per tu...

–Doncs, si el tornes a veure li pots dir que se'n vaja a fer la mà!

–Però, encara no...?

–A fer la mà! M'has sentit! A fer la mà!

–No jugues amb foc que diuen que...

–Mira, Vicentico, a mi no m'acolloneix ni eixe carnisser de carn de somera, ni cent com ell. Ho tens clar?

Vicent donà per acabada la conversa i apujà el volum de la televisió perquè els meus crits no trencaren l'encís etílic que des de feia uns quants minuts s'havia apoderat de les ànimes de la resta de la clientela del bar; dos homenets amb la mirada perduda i un gos, ple de caparres, que havia oblidat lladrar. Una veu llunyana comentava les possibilitats de l'Espanya de Pau Gasol d'imposar-se en l'Eurobàsquet 2009 que arrancava la setmana següent.

Tres o quatre cerveses més tard, vaig deixar un bitllet de cinc euros al taulell i, sense esperar el canvi, li vaig demanar a Maria Victòria que em portara a casa. Caminàrem de pressa; tan ràpid com la meua cama roïna ens permetia. I és que necessitava arribar al meu vàter urgentment. Que per què no havia usat el vàter del bar? Molt senzill, perquè la meua religió m'impedia pixar al projecte de femer que Vicent anomenava serveis. Abans, la mort. El cas és que, poc abans d'obrir la porta de casa, una veu greu i potent, amb un accent que no sabria dir si era francés o de l'Europa de l'est, va fer que, per uns pocs moments, m'oblidara de l'angoixosa necessitat fisiològica que m'acaçava des que havia eixit del bar.

–Àngel Sabater?

Només la veu ja acollonia; però quan em vaig girar i em vaig trobar amb un armari de vora dos metres que a saber d'on havia eixit, va faltar poc per fer-m'ho tot damunt.

–Sí... –vaig dubtar– sóc jo...

Abans que em donara temps a reaccionar caigué sobre mi tal pluja de punyades i colps de peu, que quan vaig caure en terra, el cable que m'unia el cervell amb la resta del cos es va desconnectar durant dos o tres segons.

–Açò és només un avís –com aterria aquella veu–. El carnisser m'ha demanat que li recorde que a la seua edat és molt fàcil patir un accident domèstic... Especialment si li deu a algú dos mil euros... Té una setmana o ens tornarem a veure i puc garantir-li que no seré tan amable. M'he explicat bé?

L'eco d'aquell «bé» encara ressonava per tota la finca quan, sense alçar la mirada de terra, vaig assentir en silenci. Com a comiat, el quaranta-cinc que subjectava a aquell tros d'haca va decidir enviar-me un altre missatge a les costelles i vaig tornar a caure en terra, ara amb greus problemes per poder respirar.

Minuts després, vaig aconseguir alçar-me i entrar a casa i vaig comprovar, avergonyit, que ja no em calia fer la visita al vàter que tant necessitava.

A Vera li encantava fer-se la víctima quan vorejava l'àrea. Sempre se les enginyava perquè les defenses contràries, generalment el doble de grans que ella, es cregueren el paper de *mosquit inofensiu* que la xicoteta jugadora interpretava a la perfecció. Era aleshores quan es llevava la disfressa de mosquit i sorgia una abella perillosa que, abans que te n'adonares, ja t'havia travessat de part a part amb un agulló terriblement verinós. Eixa qualitat innata que atresorava l'havia convertida en la mitjapunta titular de l'Athletic Túria juvenil, un equip femení modest del barri, tot i no tindre l'edat reglamentària.

S'entrenaven tres vegades a la setmana, justament quan el sol començava a badallar, al camp de gespa artificial que hi havia a l'ombra d'eixe pont tan modern, per qualificar-lo d'alguna manera que no ofenga ningú, que havia sorgit de la ment de Calatrava.

A penes quedaven uns pocs dies per a l'inici de la lliga, per això, des de feia dues setmanes, el ritme de treball s'havia intensificat. Una temporada, com no vaig tardar a descobrir, en la qual havien dipositat moltes il·lusions, ja que els dos primers classificats participarien a la fase final del campionat d'Espanya, que aquell any es disputaria a Barcelona. L'objectiu no era gens fàcil; però tenint en compte que l'any anterior havien quedat quartes a només cinc punts de les campiones, no es tractava d'una missió impossible.

Allí, sense la pressió del cap d'estudis ni la incomprensió de sa mare ni la censura d'una veueta interna que, de tant en tant, li rosegava l'orella, Vera se sentia realment feliç. Aquella nit, com em contà mesos més tard, l'entrenament estava eixint redó: va batre el seu rècord personal en els vint minuts de carrera contínua; van clavar pràcticament totes les jugades a baló parat. I en el partidet tothom tornà a rendir-se davant la gran qualitat que atresorava. En l'última jugada –segur que moltes encara ho recorden– Vera va rebre el baló al semicercle de l'àrea. Després de controlar-lo, va encarar Núria Hernández, prop de metre huitanta de central. Amb la mirada li va dir que se n'aniria per l'esquerra, amb una bicicleta simulà que se n'anava per la dreta. I quan la central ja estava més marejada que un allioli, amb el xicotet trenta-quatre que calçava, va decidir passar-la per l'exterior. Nuri caigué de cul i quan volgué reaccionar, la xicoteta Vera ja havia arribat a la línia de fons i servia en safata el gol a Judit, que, a boca de canó, s'adornà amb una rabona per a marcar.

Les dues amigues celebraren aquell gol com si acabaren de guanyar la Copa del Món i armaren tal aldarull que més d'una jugadora de l'equip rival decidí que en la jugada següent alguna de les dues tastaria l'herba. Per sort per a la integritat física de les xicones, en aquell moment Medina, l'entrenador, assenyalà la fi de la sessió.

–Vinga, ja n'hi ha prou per hui! –cridà el tècnic, després de xiular dues vegades.

Aquella nit, tot i que ningú ho advertí, Medina estava cavil·lós. No havia passat una bona nit. De fet, feia una setmana que no dormia d'una tirada.

–A veure, deixeu els balons, ja els arreplegarem després... I acosteu-vos que he de contar-vos una cosa... –l'entrenador meditava profundament, abans de pronunciar cada síl·laba, com si fóra el president del govern a punt d'anunciar una altra pujada d'impostos–. Vinga, acosteu-vos, per favor...

Les jugadores, en silenci, mirant-se les unes a les altres, per si alguna d'elles tenia la més lleugera pista del que l'entrenador estava a punt de revelar-los, s'aproximaren al cercle central, tímidament. Quan les díhuit joves arribaren, Medina alenà un parell de vegades. Després d'uns quants segons de silenci que, sobretot per a les jugadores, van semblar quatre segles, es decidí a parlar:

–Veureu... Aquests dos anys que he estat amb vosaltres... Han sigut... Meravellosos...

L'entrenador, amb els ulls humits, no va tindre altre remei que fer una pausa.

–No em digues que te'n vas... –esclatà Vera.

–Sí...

–Però si ens vas dir que et quedaries? –saltà Judit.

–Amb les il·lusions que teníem en la lliga... –protestà Nuri.

–Què farem sense tu? –Vera no s'ho volia creure.

–Mireu... M'han fet una oferta que no puc rebutjar... El sub-17 del València s'ha quedat sense entrenador i m'han cridat... Comence demà mateix... Aquest tren passa només una vegada en la vida...

–I damunt al València! Si ja ho sabia jo, no podies negar la cara de xoto que tens! –els cabells de Vera començaven a eriçar-se.

Medina no va saber què respondre; la resta de jugadores, que havien encaixat la notícia un poc millor que Vera, li recriminaren l'actitud amb la mirada. Però la jove jugadora semblà no adonar-se'n i continuà escridassant l'entrenador.

–Ens deixes tirades a punt de començar la lliga... Estic farta que ningú es prenga seriosament el futbol femení! Em pensava, Òscar, que tu series diferent... Però ja veig que ets com tots... Ens has enganyat!

–Vera, és clar que és una putada –intervingué Nuri–, però hauries d'alegrar-te per ell. És una gran oportunitat!

–Tu també, Nuri? Mireu, aneu-vos-en totes a fer la mà! Que vos donen pel sac!

Sense voler escoltar els precs de tothom perquè no se n'anara i recapacitara, la petita Vera arrancà a córrer i entrà al vestidor després d'enviar a l'altra part del pont un pobre baló que –involuntàriament– s'havia creuat en el seu camí. Tancà la porta d'una manera molt violenta i, blasfemant encara, va seure. I enmig de la tempesta, li va sonar el mòbil.

–No estic! –cridà en la solitud del vestidor, per deixar clar que no tenia cap intenció de respondre.

No feia ni quatre segons que havia deixat de sonar, quan tornaren a insistir-hi.

–Que no m'expresse bé? –en aquells moments, Vera s'havia embarcat en una de les seues habituals croades contra la humanitat–. Para ja de sonar! No pense agafar-te!

Per tercera vegada, la sintonia estrident del mòbil de Vera tornà a envair el vestidor.

–Una altra vegada! Però què passa, que s'acaba el món! –per fi Vera es decidí a respondre. Agafà la motxilla d'una manotada, l'obrí, però quan aconseguí localitzar el telèfon, deixà de sonar.

–Vaja, quina poca paciència!

Llavors, Vera, encara amb el cabreig dibuixat al rostre, es fixà en la pantalla de l'aparell i descobrí, amb preocupació, que tenia vint telefonades perdudes de sa tia. Allò no li va agradar gens. Se li va fer un nuc a la gola. Va experimentar un lleuger mareig. Va notar un calfred a l'esquena. I mentre experimentava totes aquelles sensacions, el mòbil va tornar a sonar. Era, de nou, sa tia. I és que sa tia només telefonava si es donava alguna d'aquestes circumstàncies: per felicitar el Nadal, o per avisar que algú de la família havia patit alguna desgràcia. Era prou evident que encara faltaven més de tres mesos per a Nadal... La xicona, tremolosa, va despenjar. Sentí un ploriqueig desconsolat a l'altre costat de la línia.

–...Tia?

–...Vera? –per fi sentí la veu de sa tia. Una veu aspra i entretallada, com si sorgira de l'interior d'una caverna.

–Sí, tia, ací estic...

–Vera... Per l'amor de Déu... Per on paraves... –Vera va notar com sa tia intentava contindre les llàgrimes.

–Tia, per favor, no m'espantes... Què passa?

–...

–Tia, em sents? Dis-me alguna cosa...

–... La mamà...

I els plors impediren que la dona poguera emetre cap paraula més. Però no calia, perquè Vera havia comprés que, una vegada més, la vida havia tornat a clavar-li un dit a l'ull. De sobte, el vestidor començà a difuminar-se per l'efecte de les llàgrimes incipients que nasqueren als ulls de la xicona.

2

L'experiència em diu que la primera vegada que entres en un tanatori comences a odiar les flors. Sí, senyor Castany, no negue amb el cap; és veritat, per molt que ni vosté ni Maria Victòria hi estiguen d'acord. Jo cada vegada que olore una flor, no puc evitar fer un viatge arrere en el temps que em transporta al cementeri del poble, quan Pepet l'enterrador, amb la paleta plena d'algeps, el cigarret a l'orella i les botes brutes de fang, col·locava les rajoles que custodiarien, més mal que bé, el descans etern del meu avi... Jo a penes tenia deu anys... Ma mare anava tota vestida de negre. Els meus germans i jo amb la roba dels diumenges, les sabates noves i la ratlla al mig. I aquella olor penetrant de clavells i lliris mig marcits... Han passat quasi cinquanta anys, però no he sigut capaç de llevar-me del cap eixa maleïda olor... Per això estic segur que aquell dia Vera també començà a odiar les flors.

Des de les set del matí, Vera, els seus oncles, Carme i Ximo, la seua cosina, Inés, i Judit, que no s'havia separat ni un segon de la seua amiga des de la nit anterior, ocuparen la sala 152 del Tanatori Municipal de València. Tots vestien de negre des de la punta dels peus fins a l'últim botó de la camisa. Aquell matí, la gomina de Vera no va fer l'efecte d'altres dies i els ulls se li contagiaren del vermell dels primers rajos del sol. Només parlaven les mirades i alguna carícia tímida. Una corona de flors poc vistoses, amb una llegenda que costava molt de llegir, acompanyava el fèretre de la difunta.

–Mira-la, si pareix que estiga adormideta... –per fi, la tia de Vera s'animà a trencar el silenci.

–No patisques –va intervindre l'oncle–, segons que ens ha dit el metge, no va patir gens...

–Voleu parar de dir favades! –Vera els tallà, durament–. Que no sóc una xiqueta! Que ma mare és morta, morta i morta! I s'ha acabat! Ja ho superaré! I si no, me la ventaré amb dues pedres!

Se n'anà fora. I, tot i que ella no se n'adonà o no ho recorda, va enviar a prendre pel cul a una parelleta d'ancians que acabava d'entrar a la capella del tanatori per assistir a un altre funeral. I sentí la necessitat d'encendre un cigarret. I després de dues xamades l'envià tan lluny com va poder. I començà a plorar. I se'n recordà de l'última discussió que va tindre amb sa mare. I cridà. I s'encengué un altre cigarret. I el tornà a tirar. I relliscà la primera llàgrima. I es deixà segrestar pel Fantasma del Nadal del passat, que li va mostrar quan sa mare la portava a la Cavalcada dels Reis i la carregava als muscles perquè no se'n perdera res. I sorgí la segona llàgrima. I es tornà a encendre un cigarret. I abans de tirar-lo, el Fantasma del Nadal del present, li portà sa mare, amb les venes foradades i la mirada segrestada, atrapada en un infern d'agulles calentes i roselles amargues. I es va estirar els cabells. I va cridar. I va eixir corrents. I el Fantasma del Nadal futur, s'estimà més no parar-la, per no angoixar-la amb tot el que li venia damunt. I quan arribà a la parada de l'autobús, es deixà caure en terra i... I plorà. I plorà. I plorà. I ningú, ni tan sols Judit, va ser capaç de consolar-la, i Vera no deixà de plorar fins a unes quantes hores més tard, quan els operaris del crematori municipal li van entregar les cendres de sa mare dins d'una urna.

Saber que només podien quedar-te uns pocs dies de vida no col·laborava massa perquè el cervell trobara la solució adequada per a l'embolic on m'havia clavat. Des de l'incident del dia anterior, Maria Victòria i jo continuàvem tancats a casa, darrere d'una botella de whisky, que necessitava un transvasament urgent, i d'un cendrer ple que des de la nit anterior colonitzava part de la taula. Les pulsacions cotitzaven a l'alça; per desgràcia, les idees, a la baixa.

–Quina putada açò de l'euro, Maria Victòria... Si en lloc de dos mil euros li deguérem dos mil duros, ja fa temps que ho hauríem solucionat... Però, d'on traurem dos mil euros? Carnisser, cabró! No, no em mires així! Si damunt vol anar de persona respectable, quan tothom al barri sap que cada setmana es gasta els diners dels seus fills en putes, whiskys i tota classe de merdes. Ah, això sí; cada diumenge és el primer que li llepa la sotana al senyor rector. Com m'agradaria tindre vint anys menys, per abaixar-li els fums de ministre de l'Interior que es gasta el fill de puta eixe... No, Maria

Victòria, no pense callar! M'importa un ou que m'escolten els veïns!

Gens d'activitat cerebral. Començava a assumir que en sis dies i mig els meus ossos acabarien en una fossa comuna o, el que era pitjor, en un dipòsit de formol perquè els estudiants de medicina s'entretingueren escorcollant entre el carbó dels meus pulmons. Era trist. No tenia diners ni per poder pagar-me el meu propi enterrament. Que per què no vaig fugir? No pense que no ho vaig valorar seriosament. Però aquell jove tan amable que treballava per al carnisser de seguida m'ho va llevar del cap. Em tenia controlat les vint-i-quatre hores del dia. M'hauria matat un segon abans de pujar a qualsevol autobús que em poguera traure de la ciutat.

Em sentia com el ministre d'Hisenda en una reunió de l'Eurogrup. Havia repassat més de vint vegades l'estat de les meues finances i no m'eixien els números. De la ridícula pensió que m'ingressaven cada mes, a penes em quedaven uns quatre-cents euros. Si la resta del mes m'alimentava amb pots de tonyina i menjar per a gats –que era més barat que el paté–, podria desviar-ne del meu pressupost mensual uns tres-cents o tres-cents cinquanta. Tres-cents cinquanta euros que, per un moment –supose que per influència del whisky–, em va passar pel cap que me'ls podria jugar al trinquet. Quants diners es poden guanyar en només una partida de pilota! I quants se'n poden perdre... Un vell conegut del poble, en una nit –i no exagere gens– va perdre, fins i tot, la dona. Per això, de seguida ho vaig descartar. No estava tan borratxo...

De sobte, ho vaig veure clar. La solució la tenia al meu voltant. Per a què volia un sofà on quasi mai seia, una tele on cada dia era més difícil veure un partit de futbol, o tres cadires que no utilitzava ningú mai. Per no parlar de la làmpada del menjador, del llit que hi havia a l'habitació dels trastos, o de la vella cadena musical que em vaig comprar quan la Piquer va tornar de Nova York. Si ho venia tot de segur que podria traure un bon pessiguet.

Davant d'aquell desgavell, Maria Victòria em va mirar amb ulls que denotaven un alt grau de preocupació. No parlà, sempre tan discreta, però vaig notar que amb aquella mirada em preguntava si també havia pensat desfer-me d'ella. Quasi es va posar a plorar.

–No, dona, estigues tranquil·la. Abans de separar-me de tu, donaria els collons a la ciència. Que no saps que ets l'única que em comprén en aquest món? De totes formes, dubte que arribem ajuntar els dos mil euros, si algú ens compra tota aquesta quincalla. No sé què fer... Se t'acudeix alguna cosa, bonica?

Però Maria Victòria, tot i que ho va intentar, no va ser capaç d'aportar-me cap idea factible. Houston, teníem un problema.

A penes passaven uns minuts de les cinc de la vesprada. Vera pagà l'euro i mig que costava el trajecte de València a la platja del Saler, i pujà a l'autobús. Era un d'eixos vehicles grocs que connecta la ciutat amb els principals pobles de la rodalia. No va voler que ningú l'acompanyara. Tampoc Judit. Ja havia deixat de plorar. Va seure en la part de darrere, vora la porta. Entre les mans, una bossa de plàstic d'un conegut gran magatzem, dins la qual transportava l'urna amb les cendres de sa mare. Quan l'autobús va deixar arrere la ciutat i s'endinsà entre els primers arrossars que vorejaven l'Albufera, va somriure. Quantes vegades havia fet aquell viatge en companyia de sa mare. Sempre seien al final de l'autobús, al costat de la porta, com aquell dia. I sempre, als seients de la part dreta, des d'on es podia gaudir del paisatge de l'Albufera. I sa mare, quan no anava col·locada, li deia que aquelles aus blanques es deien gavines i que aquells aneguets tan graciosos de color marró i verd eren collverds. I que aquelles cases de sostre de palla, que cada dia n'hi havia menys, s'anomenaven barraques. I que no tenia ni idea de per què l'arròs necessitava tanta aigua per poder créixer. Vera va prémer amb força la bossa del *cortinglés,* com si agafara la mà de sa mare, i va tancar els ulls per notar la seua companyia.

Com feien sempre que hi arribaven, Vera es llevà les sandàlies i se les penjà al muscle. Li encantava notar l'arena entre els dits dels peus, córrer cap a la mar i assistir, com a espectadora privilegiada, a l'eterna batalla que cada dia mantenien la brisa marina i els cabells de sa mare. Els primers anys, quan la mare de Vera tenia més dies lúcids, somiaven despertes a veure quina de les dues era capaç de trobar alguna de les milers d'estreles que diuen que cada nit cauen a l'aigua quan es queden sense llum.

Vera buscà el lloc on sa mare col·locava el para-sol i va seure mirant cap al mar. Allí, uns quants anys enrere, amb la bromera de les ones banyant-los els peus, va ser quan li va preguntar per primera vegada per què ella, a diferència de totes les amigues, no tenia pare. I també allí, va ser la primera vegada que sa mare li va respondre que ni el sol ni la lluna tenien pare ni mare i no passava res.

–Bona l'has feta, mare –digué al mateix temps que obria la bossa del *cortinglés* i treia l'urna–. Has tornat a eixir-te'n amb la teua, sense parar-te a pensar en la resta. Quins ovaris, els teus! Podries haver-me dit que havies pensat deixar-nos i no t'hauria enviat a la merda l'última vegada que ens vam veure... Però ja feia massa temps que no ens escoltàvem... Cada una feia la seua marxa i poc importava el que necessitara l'altra. Ens havíem convertit en estranyes. Vivíem juntes i poc més. I ara, què... Tu ho tens molt fàcil... De segur que no et falta companyia a l'infern.. Però jo... Què serà de mi... Quin futur m'espera... Açò no es fa, mare...

Mentre escampava les cendres de sa mare en les aigües on alguna vegada havien conegut la felicitat, Vera notà que el sol i la lluna la miraren amb tendresa, perquè, com ells, la xicona s'havia quedat sense pare ni mare.

Carlos Ballester treballava a l'oficina de la caixa d'estalvis del barri. Era la típica persona que es notava que gaudia del treball que feia. Des que entrava a l'oficina, al voltant de les set i mitja, fins que se n'anava, cap a les tres, mai esborrava el somriure del rostre. Era, pel que diuen, qui contava el primer acudit, després d'entrar; i qui gastava l'última broma quan es tancaven les portes fins l'endemà. Sé que el que li diré, tal vegada, li sone una miqueta cursi, però quan parlaves amb ell perquè t'obrira una llibreta o per contractar un *plazo fijo* o un *depósito especial al 4%* et feia sentir com una persona especial. Com si el producte bancari que t'acabava de vendre, s'haguera creat expressament per a tu. A més a més, algunes dones del barri, especialment les que ja feia alguna dècada que aguantaven els seus marits, no podien evitar que se'ls escapara un somriure beneït, cada vegada que sorgia la lluïssor dels seus ulls verds en alguna conversa cafetera. A mi, si li he de ser sincer, aquell home no m'acabà de caure massa bé del tot. Però atesa la situació, no vaig tindre altre remei que seure davant d'aquells maleïts ulls verds i desafiar l'atracció diabòlica del seu somriure.

–Però si és el senyor Sabater! –exclamà Ballester en alçar el cap de l'ordinador i penjar el telèfon–. Xicons! –cridà, dirigint-se als companys–. Sabeu que aquest home va jugar al València? Va ser company de Claramunt i de Waldo! I després, entrenador! I viu ací, al nostre barri... Quant de temps sense veure'l per ací! Cada dia està vosté més jove! Com s'ho fa?

–Prou de romanços, Ballester, no cal que m'alce la bufa... Tinc un espill a casa i sé perfectament que al cementeri hi ha cadàvers menys fastigosos que jo... –ni la meua cara de gos coniller va aconseguir que Ballester deixara de somriure.

–Vinga, no diga això! No siga tan dur... Tots tenim dret a un dia roí –la mateixa frase que m'amollava cada vegada que parlàvem–. Bé, en què puc ajudar-lo, senyor Sabater?

–Necessite dos mil euros –vaig lladrar.

–Dos mil euros? I per a què necessita vosté dos mil euros? Li ha eixit l'oportunitat de fer un creuer amb la dona dels seus somnis? –tant de somriure, la veritat, cansava.

–I a vosté què li importa –segon lladruc.

–També té raó, senyor Sabater, ni que fóra vosté mon pare. A mi qui em mana clavar-me en la seua vida –digué, sense deixar de riure, al mateix temps que teclejava una sèrie de números a l'ordinador–. El que passa és que... estic mirant les seues dades... i no sé si la direcció del banc ho aprovaria... El seu nom apareix en la llista de morosos, segurament per qualsevol ximpleria sense importància, i, amb els temps que corren, ja sap vosté, la caixa no pot assumir operacions d'eixe tipus...

–Que no? Ni que li estiguera demanant un milió d'euros...

–Em sap mal, senyor... Si els diners foren meus, no li'n donaria dos mil, li'n donaria quatre mil, o cinc mil, o els que vosté necessitara... Però, des de fa uns quants mesos mirem amb lupa cada cèntim que prestem. Crega'm que em sap mal, senyor Sabater, especialment tenint en compte que vosté és tota una personalitat en el barri.

–Doncs... Diga-li al director i a la resta de capitostos d'aquesta caixa de merda que són uns malparits, uns xupla-sangs i uns fills de puta... I –vaig afegir alçant-me de la cadira i recolzant-me en Maria Victòria– que si d'ací uns quants dies em troben mort... La culpa serà seua... Ja veus, no prestar-me dos mil euros, quan ells de segur que s'ho gasten en un dinar...

Ballester, que o bé era babau rematat, o bé era un robot humanoide d'eixos que apareixen en les pel·lícules de ciència-ficció, en lloc d'enviar-me a pastar fang –per dir-ho finament– m'agafà i em tornà a fer seure.

–Però, tan greu és la situació? –va preguntar, abaixant la veu.

–No li acabe de dir que no es clave en els meus assumptes! –tercer lladruc, a la quarta ja tocava mos.

–Escolte'm, escolte'm, tranquil·litze's i escolte una proposta que se m'acaba d'acudir... No sé si sap que jo sóc el president de l'Athletic Túria, l'equip del barri... Vosté encara està en condicions d'entrenar?

Vaig assentir en silenci, sense mostrar massa entusiasme.

–Veurà... Aquesta setmana ens hem quedat sense l'entrenador del juvenil femení, la lliga comença dissabte i...

–Un moment, un moment! –el vaig tallar bruscament–. M'està parlant de futbol femení? Mire, això és una aberració! Ni és futbol ni és res... Les dones no estan preparades genèticament per a xutar un baló... És... És com l'aigua i l'oli, no es poden barrejar per molt que ho intentem. Jo no dic que les dones no facen esport, però uns altres: dansa, ballet... jo què sé. Però no futbol... A més, totes les que juguen són unes camioneres... Entrenar un equip femení? Jo? M'estime més que ara mateix em traga els ulls i es pose a jugar a boletes amb ells.

–No siga tan antic, senyor Sabater. S'equivoca totalment. Té vosté massa prejudicis al voltant del futbol femení, com tothom. Tenim un bon equipet. Si les vera jugar, de segur que canviaria d'opinió. Seria tota una experiència per a vosté...

–Que és sord, senyor Ballester. Li he dit que no! –primer mos.

–Pense-ho, senyor Sabater. Les xiques estarien encantades de tindre d'entrenador tot un exjugador del València. I... a més, atesa la seua, diguem-ne, delicada situació, podria fer una excepció i avançar-li part de la fitxa d'enguany. Jo li faig un favor a vosté i vosté me'l fa a mi. Si estiguera disposat a acceptar, ara mateix podria signar-li un xec de dos mil euros, en concepte del pagament pel primer quadrimestre.

–Em donaria ara els dos mil euros que necessite? –la meua negativa ja no era tan rotunda.

–Paraula d'honor, en trenta segons li signe el xec –va dir tirant-se mà a la butxaca interior de l'americana.

–Seria possible que m'ho ingressara al meu compte... ara mateix?

–Millor encara. Vinga aquesta nit al camp de futbol i després de dirigir l'entrenament, signem el contracte i li pague els dos mil euros en metàl·lic. D'acord? –digué allargant-me la mà.

Amb aquella encaixada vaig salvar la vida i li vaig vendre l'ànima a aquell dimoni d'ulls de gat i somriure perenne.

3

La mateixa nit del funeral de sa mare, Vera se n'anà a viure amb els oncles. Aquella nit canvià el barri de Patraix, on havia crescut, pel de Malilla, al costat d'on començava la carretera d'Alacant. Quan rodà la clau de la porta del vell pis on havia viscut amb sa mare, va sentir vertigen en comprendre que acabava de tancar un capítol de la seua vida. Només s'emportà una maleta i la bossa d'esports. No necessitava res més. I possiblement tampoc volia continuar encadenada als fantasmes del passat que tant mal li havien fet. Però estic segur que en aquella maleta se li'n colà més d'un.

L'adaptació a la nova vida no va ser una plàcida passejada en barca per l'Albufera. Més aïnes tot el contrari. Quan la tia de Vera va ratllar dues fileres senceres del calendari de setembre i no va aconseguir que la seua neboda eixira del dormitori per a res que no fóra menjar o dutxar-se, començà a preocupar-se de veres. Intentà parlar amb ella un parell de vegades; però excepte monosíl·labs i respostes evasives, no va traure gens de profit. A més, va observar amb preocupació que certs costums de Vera, a la llarga, podrien encaminar la seua filla cap a un camí de difícil retorn. «Què és això de no separar-se del mòbil dels botons ni quan estem a la taula?», «I la manera en què ens parla a son tio i a mi?», «I ara li ha entrat la mania de fumar dins de casa», «I qualsevol dia, començarà a drogar-se, com sa mare... I això sí que no pense consentir-ho. El dia que veja un porro en aquesta casa, per molt filla de la meua germana que siga, la faig fora. Amb una drogoaddicta a la família ja en tenim prou». Per això, Carme, que no volia perdre el control de sa casa, va fer cas d'Encarna, la veïna del tercer B, i la va dur a una psicòloga que passava consulta al centre social del barri.

La doctora en qüestió era Maria Dolors Nieto. S'havia llicenciat a la Universitat de València l'any 2000. Tres anys més tard aconseguí la llicenciatura en Psicopedagogia. I justament el dia que es commemorava el primer aniversari dels atemptats de l'11 M de Madrid, llegí la tesi doctoral, que analitzava l'oblit sistemàtic de la intel·ligència emocional en les diferents lleis educatives que s'havien promulgat a Espanya.

–Ma casa? Vols que dibuixe ma casa? Trobe que això serà un poc complicat, perquè jo ja no tinc casa... Puc encendre'm un cigarret?

–No, Vera, saps perfectament que ací no es pot fumar. Ja t'ho vaig dir la setmana passada, quan començàrem la teràpia. Vinga, dibuixa'm ta casa.

–Però, no m'escoltes? T'acabe de dir que ja no tinc casa. Després de morir-se ma mare, vaig carregar tots els trastos en una maleta i me'n vaig anar a viure a cals tios. Has vist quina merda?

–Llavors, eixa és la teua casa nova, on vius.

–No, no; de meua, res. Jo visc allí, perquè, de moment, no tinc un lloc millor on anar. Però no penses que em fa gens d'il·lusió viure amb ells... Són fastigosos, en especial, ma tia. Ah, i hui no tinc ganes de dibuixar. O siga que perds el temps, perquè no agafaré el llapis... Segur que no puc fumar?

–A veure, Vera. Sóc plenament conscient que no passes el teu millor moment. Per això estàs ací. Jo puc ajudar-te; però necessite que col·labores. Baixa les defenses, deixa'm que et conega. T'assegure que pots confiar en mi. Mira, et dibuixaré ma casa. Ja veuràs que no és tan complicat com et creus.

La psicòloga va agafar el llapis i, amb una mala traça evident, va esbossar el plànol de sa casa.

–La veritat és que no hi ha massa a veure. Fixa't, obris la porta i xan! El saló. A continuació, un corredor xicotet que porta a la cuina, que no és que siga massa gran, al lavabo i al dormitori.

–O siga, que vius a soles; perquè en cinquanta metres quadrats, ja em diràs, a tot estirar podries conviure amb un canari.

–Bé, fins fa poc convivia amb un xic, però un dia s'escapà de la gàbia i no va tornar, ha, ha, ha! Veus, tots tenim algun problemeta en la vida...

–Ma casa –digué Vera llevant-li el llapis a la psicòloga– era pareguda a la teua. Un poc més gran i amb una habitació més, la meua. Era el meu món. Quan em tancava allí, em sentia lliure. Tenia un llit de cos i mig, només per a mi. Un escriptori on sempre hi havia l'ordinador engegat per connectar-me al Tuenti. Hi havia nits que se'm feien les tres o les quatre de la matinada xatejant amb Judit. També tenia un armari rosa, de quan era menuda, amb dibuixos de Mickey Mouse i l'ànec Donald. Quan vaig fer els dotze li vaig dir a ma mare que el volia canviar, però mai teníem diners... Per això, vaig agafar els adhesius dels personatges de *Crepuscle* que regalaven amb una revista i vaig tapar els dibuixos de Disney. I mira, aquesta paret la tenia tota plena de pòsters i fotos de jugadors del Llevant i de l'equip on jugue.

–No em digues que jugues a futbol?

–Sí, des que era cadet jugue a l'Athletic Túria... Però el meu somni seria jugar al Llevant femení.

–I per què no ho intentes?

–Uf, això és molt complicat... I les dones de la meua família no tenim massa sort a la vida. La meua iaia va haver d'anar-se'n a treballar a París, perquè ací no trobava faena. Quan hi va arribar, va patir un accident terrible i passà la resta de la seua vida en cadira de rodes. I com que encara no havia signat el contracte, es va quedar amb una mà davant i una altra darrere... Ma mare es va quedar embarassada als setze anys. Als díhuit ja era una ionqui i ha mort abans de fer els quaranta... Jo no crec que acabe molt millor...

–Però, Vera, no digues això. Nosaltres no vivim la vida dels nostres pares, vivim la nostra. Que ells s'equivocaren, no significa que nosaltres estiguem condemnats a repetir els mateixos errors.

–Potser tens raó, Maria Dolors, però si no repetisc els errors de ma mare, ja en cometré uns altres. Estic marcada. Ni mon pare em va voler. Quan va deixar prenyada ma mare, va fugir i no el tornaren a veure mai més per València... A l'institut tots em tenen enfilada: professors, companys... Ma tia mai ens ha acceptat ni a ma mare ni a mi... La meua cosina és una ressabuda repel·lent que pensa que sóc una *friki*. I ara, damunt, compartisc habitació amb ella!

–Però ta tia sí que es preocupa per tu. És ella qui t'ha portat a la consulta.

–Perquè vol netejar-se la consciència... Tinc clar que sóc una càrrega. Sóc la fruita podrida que ha entrat a la seua vida ideal...

Llavors el mòbil va emetre un bip. Era un *whatsapp* de Judit.

–Bé, me n'he d'anar. Quasi ho oblide. D'ací a mitja hora comença l'entrenament i des de la mort de ma mare, no hi he tornat... Fa quasi tres setmanes, i estic boja per tocar un baló.

–Doncs, ens veurem la pròxima setmana.

–No, no ho crec. Sembles una tia legal, però tu i jo sabem que no tinc solució. Val més que ma tia s'estalvie els trenta euros de la consulta. I, a més, com ací no es pot fumar... Adéu.

Vera se n'anà de la consulta i, com va prometre, no hi va tornar mai més. La doctora Nieto esperà que les passes de Vera deixaren de sentir-se, va fer unes quantes anotacions a la llibreta i, quan s'assegurà que no la veia ningú, va traure un cigarret i l'encengué.

L'endemà de signar el contracte amb Ballester em vaig presentar a la carnisseria amb el cap cot i l'orgull ben rosegat i li vaig deixar al fill de puta del carnisser els dos mil euros que li devia dins d'un sobre de propaganda electoral trobat per casa. No vaig dir ni hola ni adéu. I el bon home, que en aquell moment es disposava a fer-li l'autòpsia a un pollastre de dos quilos, em rebé amb un somriure que va il·luminar el local i em va despatxar amb un fastigós «és un plaer fer negocis amb tu». En eixir, el meu guardaespatles em féu un colpet a l'esquena amablement i s'acomiadà fins a una altra. Maria Victòria i jo respiràrem, alleugerits, en veure com s'allunyava aquell gegant de vora tres metres. Sí, havíem salvat la vida, però a un preu molt alt; perquè això d'entrenar un equip femení...

Ja durant el primer entrenament em vaig adonar que allò no podia eixir bé. El futbol és un esport d'homes i quan acabà la primera sessió de treball, la meitat de les xiques se n'anà a la dutxa plorant i la resta jurà que no hi tornarien. Només per dos o tres crits que els vaig amollar... Sí, Maria Victòria, van ser només dos o tres crits, no me'n vaig passar tant com insinues. En fi, els plors se succeïren durant tota aquella setmana i arribaren al punt més àlgid després de la golejada sis a zero, que ens va endossar el Llevant. Almenys aquelles sí que tenien clar que els balons eren redons i que calia clavar-los a la porteria contrària. La segona setmana tampoc no hi va anar molt millor. I el segon partit, el que vam jugar a casa contra el Gandia, va fer molta pena. Després d'anar guanyant tot l'encontre per u a zero, en l'últim minut Rut, la nostra portera, decidí que el resultat era injust i que calia compensar les rivals.

Un baló lateral que li venia a les mans sense cap perill, incomprensiblement, se li va escolar entremig de les cames i va suposar l'empat a u. Però això no és tot. En traure des del mig del camp, Judit i Júlia es van fer un embolic i la davantera gandiana, com va veure que Rut continuava lamentant-se per l'errada del primer gol, va xutar des de quaranta metres i va fer el definitiu u a dos. Els meus crits encara ressonen en aquella part de València. I he de reconéixer que llavors, tal vegada, sí que me'n vaig passar un poquet: «que si només servien per a llavar i planxar»; «que si haurien de prohibir-los que tornaren a xafar un camp de futbol»...

I arribà aquell dilluns i els nostres camins s'encreuaren. L'entrenament feia uns cinc minuts que estava en marxa. Jo ja m'havia fumat dos cigarrets. Recorde que, en veure-la, vaig pensar: «de quina guarderia s'ha escapat aquesta xicona, si no fa ni mig metre». I Vera, coneixent-la com la conec, m'imagine que degué rumiar alguna cosa semblant a «segur que aquest vell acabat va jugar al València?».

–Bona nit, sóc Vera, jugue en aquest equip de mitjapunta –digué.

–Perfecte, Maripili. Doncs posa't a córrer amb les teues companyes i ja veurem després què faig amb tu.

La xicona no es va moure ni un mil·límetre i, quan alçà el cap, em contestà amb un to de veu que tallava l'ànima:

–Et repetisc que em dic Vera –reconec que vaig notar un calfred des de la regateta del cul fins a la punta de l'orella esquerra.

–I jo que et poses a córrer amb les teues companyes –i li vaig llançar el fum a la cara–. Però si no t'abelleix, allí tens la porta...

Vera es guardà la resposta, em llançà una mirada plena de menyspreu i se n'anà amb les companyes, sense deixar de llevar-me els ulls del damunt en els deu minuts que encara restaven de carrera contínua. Tot i que aquella actitud no em va agradar gens, reconec que en el fons –molt en el fons– vaig pensar: «per fi algú amb sang calenta en aquest equip».

L'endemà, com cada dimarts, Mostatxet arribà a l'institut al voltant de les onze i cinc del matí. Era l'únic dia de la setmana que es permetia el luxe d'entrar un poquet més tard de l'habitual. Encara no havia travessat la porta quan Juan, el d'Història –també conegut entre l'alumnat com el Corb–, se li penjà de l'orella i li contà que havia hagut d'intervindre perquè Vera no li rebentara la cara a Ibáñez. «Una agressió totalment injustificada, Adolf, totalment in-jus-ti-fi-ca-da!» «Bé comencem el dia», pensà el cap d'estudis. Aquell Ibáñez, com em contà Vera uns quants mesos més tard, era el típic tocacollons que tenia cara de no haver trencat mai un plat.

Mostatxet va trobar Vera a la porta del seu despatx. Estava asseguda en terra, molt concentrada en un dibuix que havia començat aquell matí en la llibreta d'Història. En distingir-la, va tancar els ulls i va començar a exercitar la respiració per tractar de calmar l'erupció volcànica que es gestava entre la part baixa de la laringe i les cordes vocals: «Inspiraaa... espiraaa... inspiraaa... espiraaa...».

–Entra i seu, per favor –demanà Mostatxet, «inspiraaa... espiraaa... inspiraaa... espiraaa...».

–Primer, Vera... –Revert intentà mirar-la a la cara, però Vera no alçà el cap de la llibreta–. M'agradaria traslladar-te el condol de tot el claustre per la mort de ta mare... Ens hauria agradat poder acompanyar-te en el funeral, però ta tia ens avisà un parell de dies després... Creu-me si et dic que ho sentim.

–...brem mmme reerra –el grunyit que emeté Vera com a resposta va ser totalment incomprensible.

–Perdó? –preguntà *Mostatxet*.

–Que més ho sent jo! –bramà Vera per fer evident la molèstia que li suposava no prestar tota l'atenció al dibuix.

«Inspiraaaa... Espiraaaa... Inspiraaaa... Espiraaaa...».

–Què ha passat amb Ibáñez –s'acabaren les bales de salva–. Ets conscient que podem expulsar-te un mes?

Vera continuà sense alçar el cap de la llibreta.

–No dius res?

–Per a què? A qui creureu? Al xic repel·lent o a mi? És igual, deixa-ho...

–El d'Història diu que ha sigut una agressió totalment injustificada.

–El d'Història és més subnormal encara que Ibáñez...

–Mira, Vera, en aquest embolic hi ha alguna cosa que no acabe d'entendre. Mai has sigut un model de comportament, més aviat tot el contrari. Però mai, fins hui havies agredit ningú. No ho entenc. Per què se t'han encreuat els cables?

–...Mira, el malparit eixe d'Ibáñez, en l'intercanvi de classes, pensant-se que jo no ho sentiria, li ha dit a algú entre rialles: «Mireu, la filla de la ionqui morta...». Tu què hauries fet?

Mostatxet va callar i amb aquell silenci tots dos entengueren la resposta del cap d'estudis.

–En qualsevol cas, t'haurem d'expulsar, és una de les faltes greus que preveu el reglament de règim intern. Ja parlarem amb Ibáñez. Espera fora mentre telefone a ta tia. I la pròxima vegada, per favor, compta deu abans de rebentar-li la cara a ningú.

La tia de Vera no s'ho va prendre gens bé. El primer que va fer en arribar a casa va ser llevar-li el mòbil i enviar-la directament a l'habitació sense dinar. No va voler escoltar-la. Vera, inútilment, va intentar explicar-li la seua versió; però Carme li va manar callar i li recordà que aquella era sa casa i que tenia unes normes que havien de complir tots. I que si no li agradaven, ja sabia on hi havia la porta. Quan arribà el seu marit a dinar, no podia ni sospitar el que li esperava.

–Quina vergonya m'ha fet passar aquesta xicona, Ximo! Quina vergonya! Dues setmanes, Ximo! Ens l'expulsen dues setmanes!

–Pe... però... Què ha fet?

–Que què ha fet? Que quasi li trenca el nas a un company... Si el professor d'Història no els arriba a separar, a hores d'ara estaríem a la comissaria, als jutjats o en algun lloc pitjor!

Ximo va intentar intervindre en la conversa, però la fluïdesa verbal de Carme ho va fer impossible.

–I quan he intentat que entrara en raó, que això no estava bé, saps què m'ha dit? Saps què m'ha dit? Que no era problema meu, que no sóc sa mare!

–Pe... –segon intent de Ximo de clavar cullerada.

–I saps què diu el cap d'estudis? Que quan complisca els setze vol deixar l'institut! Eixa xicona el que necessita és disciplina! Està per civilitzar! I si no vol estudiar, a treballar! Però ja està bé de viure com una senyoreta! I tu, què? No penses dir res?

–Sí, jo... –tercer intent.

–Vinga, entra a la seua habitació i deixa-li les coses ben claretes!

Ximo s'encaminà cap a l'habitació de la neboda. La va trobar asseguda a l'escriptori, en silenci. Acabava el dibuix que havia començat a l'institut. L'oncle agafà un llapis imaginari de color roig i es va pintar un somriure sobre el rostre. Quan s'acostà a Vera la qualitat d'aquell dibuix el sorprengué. Semblava una bruixa, d'eixes que apareixen als contes de terror, tota vestida de negre, amb una calavera penjada al coll. La perseguien una sèrie de fantasmes, igualment aborronadors, i estava a punt d'endinsar-se en una cova que pareixia la boca d'un llop.

–No sabia que dibuixares tan bé –digué l'oncle.

–Doncs ja veus... –Vera, a la seua.

–Què ha passat hui?

–Ja ho saps... He sentit com t'ho contava la tia...

–Sí, és cert, però no ho acabe d'entendre; no et feia una xicona violenta... –i li acaricià els cabells–. Vols un cigarret?

Vera, sorpresa, deixà el retolador negre a la taula, alçà el rostre i es trobà amb una mà que duia un cigarret i un somriure que ella no sabia que Ximo s'havia pintat amb un llapis imaginari.

–M'és igual el que haja passat hui a l'institut, Vera. Sé que ho estàs passant malament. Deu ser dur perdre una mare...

–És clar –respongué Vera agafant el cigarret i obrint la finestra.

–Però no està bé que li parles així a ta tia... Ella pateix molt per tu i també sent un gran dolor per la mort de la seua germana.

–Doncs, podria demostrar-ho més...

–Creu-me, estem molt preocupats –i li pessigà una galta afectuosament–, no ens agrada veure't així.

Vera va intentar somriure, però la ganyota que va resultar no s'ajustava al que recomanaven la majoria de llibres de creixement personal.

–I, per cert, què dibuixes? Una bruixa?

–No, sóc jo...

Aquells punts suspensius donaren per acabada la conversa i afegiren més ingredients al futur incert que els venia damunt.

4

Aquell dissabte, Maria Victòria va haver de llevar-me els llençols tres o quatre vegades perquè em fera la idea d'alçar-me. «No, cinc minutets més...», implorava refugiant-me en la part més profunda del meu trist matalàs de molls que hauria d'haver llançat per la finestra unes quantes dècades abans. «Et promet que d'ací a cinc minuts m'alce, de veres.» Però, com supose que deu haver endevinat, la meua capacitat de prometre feia molts anys que s'havia buidat de contingut.

Quan, per fi, m'hi vaig fer l'ànim, vaig descobrir, aterrit, que algun malintencionat havia connectat el sistema d'oscil·lació de l'habitació. Tot girava i girava al meu voltant, de la mateixa manera que els planetes orbiten al voltant del Sol, però a una velocitat endimoniadament superior que em marejava... Quin mal d'estómac! Quins ois! I per més que cavil·lava i cavil·lava, no vaig ser capaç de recordar el que havia fet la nit anterior. Maria Victòria, que quan ha de traure el geni és capaç de posar ferm un batalló sencer de la Legió, de seguida m'ho aclarí. Molt enfadada va assenyalar una botella buida de whisky barat que, sorneguera, ens guaitava des de la tauleta de nit. Amb aquella mirada de vidre tèrbol vaig comprendre que volia fer-me memòria dels bons moments que havíem compartit unes poques hores abans. Però aquelles mirades de complicitat van durar ben poquet, perquè Maria Victòria, que ja no sabia què fer perquè m'alçara, caigué sobre la pobra botella, que va rodar per terra, cris-cras-crus, convertida en centenars d'escates de vidre d'un peix sense ànima.

–Sí, sí, ja ho sé, no cal que em mires així! Ara m'alce! Ja sé que d'ací a una hora i mitja comença el partit! Però mentre siguem al vestidor deu minuts abans... Total, si de segur que perdrem...

Vam eixir de casa a les deu i mitja. Dutxa? Sí, em vaig llavar la cara. Afaitat? No, aquella setmana no tocava. Desdejuni? Un cigarret pel camí. La planificació del partit? «Sí, la porte... La porte... Doncs, no la porte, me l'he deixada...». I per acabar d'arredonir la crònica de les desventures d'aquell matí, vaig perdre el metro de les deu i trenta-cinc i fins menys quart no va passar el següent. Per sort, la parada d'Albereda era davall del pont de Calatrava, justament al costat del camp.

Vam arribar quan a penes faltaven cinc minuts perquè començara el partit. La benvinguda, no crec que calga dir-ho, va ser qualsevol cosa menys amistosa. Les xiques si hagueren pogut m'haurien apedregat. El president, que s'havia deixat el somriure a la taula de l'oficina del banc, em va llançar cinc o sis crits que no vaig ser capaç d'entendre. I l'àrbitre, un mocós que no devia tindre ni quinze anys, reclamava insistentment les fitxes, molt nerviós, o ens donava el partit per perdut. Vaig estar a punt de respondre-li que per mi perfecte, que així ens estalviaríem aquell terrible suplici i podríem fer-nos una cerveseta. Però Maria Victòria em va estirar les orelles i em va pregar que demostrara el trellat que se suposa s'ha de tindre a la meua edat. En resum, que vaig dir a les xiques que entraren al vestidor i li vaig assegurar a l'àrbitre que en trenta segons li portava les fitxes.

–A veure, xicones –els vaig dir mentre m'encenia el primer cigarret del partit–, el Gandia ja sabeu que és un rival dur. Estan a la meitat de taula i no han encaixat massa gols... O siga que hui jugaran totes dins del seu camp i tractaran de sorprendre'ns al contraatac...

En arribar a aquest punt em vaig adonar que la meitat de les jugadores començaven a gesticular de manera ostensible. Jo no entenia per què, però després de dubtar uns segons, vaig continuar amb la xarrada.

Per tant, hem d'estar molt despertes... –l'aldarull ja era tan gran, que ni Maria Victòria era capaç d'entendre'm–. Voleu fer el favor de callaaar!!!

–Però, *huelo*, que no s'ha pres hui la medecina... –sonà al fons del vestidor.

Silenci absolut.

–Qui ho ha dit? Qui ha sigut la maleducada que m'ha dedicat eixa impertinència!?

Mirades al terra.

–Doncs, fins que no es presente la persona que ho ha dit, d'ací no ix ningú a jugar.

Quasi instantàniament totes les mirades abandonaren el terra i s'orientaren cap a Vera. La xicona, assetjada pels ulls de totes les companyes, encara es va fer més xicoteta del que era. I, amb cara de fàstic, avançà un pas i acceptà la culpa.

–He sigut jo... Però...

–Ni peròs, ni peres! Agafa les coses i fora de la meua vista! I fins que jo no et diga el contrari t'entrenaràs a soles! Estàs apartada de l'equip!

Vera intentà protestar, però els crits que em van eixir de la gola la van fer callar. La xicona se n'anà del vestidor amb la motxilla a l'esquena i rosegant algun improperi contra mi i contra les companyes.

–Cap problema més?!

Judit, que no podia dissimular l'enuig pel que considerava una traïció de l'equip cap a la seua amiga, demanà parlar.

–Míster... És cert que Vera no hauria d'haver-li dit això... Però el que tant ella com la resta volíem dir-li és que la setmana passada vam jugar contra el Gandia... Que hui juguem contra l'Almoradí...

Si Maria Victòria haguera pogut, m'hauria pegat una bescollada.

–Contra l'Al... mo... ra... dí... I... i... i com van?

–Són les últimes, Míster –digué Núria, la capitana.

No hi hagué temps per a més. L'àrbitre va tocar a la porta i les xiques saltaren al terreny de joc, sense molestar-se ni a escoltar l'alineació inicial. De fet, no sabria dir-li qui va jugar aquell partit i qui no. Jo encara em vaig quedar un parell de minuts dins del vestidor, patint el silenci desaprovador de Maria Victòria i preocupat per aquell episodi d'amnèsia que acabava de patir. «Estàs major, Angelet», vaig pensar, «t'hauràs de comprar rabos de pansa». El xiulit inicial va trencar el meu estat hipnòtic. I, a poc a poc, dos passos per darrere del fum del cigarret, em vaig acomodar a la banqueta.

Una setmana més van ser noranta minuts de pilotades sense trellat entre la lluna i València. El mocoset de l'àrbitre en va xiular la fi, sense afegir-hi ni un sol segon. Es veu que es va avorrir tant o més que jo. «Per al pròxim partit», vaig comentar-li a Maria Victòria, «m'hi portaré la ràdio». Vam empatar, crec que a zero, però no m'atreviria a signar-ho davant d'un notari. Eixa va ser l'única lectura positiva d'aquell nou simulacre de partit: que, almenys, acabàvem de sumar el primer punt de la temporada.

La família Barber Messeguer va començar la setmana amb la mateixa sensació de crisi espiritual que havia dominat l'anterior. Carme, quan s'adonà que el rellotge de la cuina marcava les onze i mitja i que la neboda continuava dormint, decidí posar-la ferma. Entrà a l'habitació amb crits i palmes i, abans que Vera distingira si tot aquell escàndol pertanyia al món real o a l'oníric, va descórrer la cortina i va pujar la persiana, fent tot el soroll possible.

–Vinga, senyoreta! Que ja és hora! Estàs expulsada, però això no significa que no hages de treballar a casa. Hala, desdejuna! Dutxa't, si vols, i vés-te'n volant cap al supermercat, que he de fer el dinar. Vinga! De pressa!

–... Ja vaig, ja vaig... Quina manera de punxar! –bom-bom, bom-bom, bom-bom... El cor de Vera va estar a punt d'eixir-li per la gola.

–Punxar? Doncs demà prepara't, en aquesta casa el despertador sona a les set... I no sé encara què faràs, però tinc tot el dia per pensar-ho. Vergonya! A mi em faria vergonya de passar tot el dia sense fer res... Vinga, que es fa tard!

Vera no va voler continuar aquella batalla dialèctica i va cedir. Amb la malaptesa d'un autòmat de principis del segle xx es capbussà a la banyera i cinc minuts després ja estava eixuta, vestida i a punt d'engominar-se els cabells. Quan alçà el rostre i el va veure reflectit a l'espill, arribà a la conclusió que li caldria un toc de coloret per tornar-li la vida i amagar els excessos del cap de setmana. No em va voler contar què van fer; però si em permet emprar l'argot de la xicona, estic segur que degué ser *brutal.* No va voler desdejunar, més que res per no continuar aguantant el sermó de sa tia. I després d'eixir del bany, se n'anà al supermercat a comprar mig pollastre, un quilo d'arròs, una quarta de bajoques, quatre iogurts, aigua i una pizza... Sí, una pizza; perquè el primer dia ja li havia deixat ben clar a sa tia que ella, tret de macarrons, canelons o pizza, no menjava res més. I aquell dia tocava pizza.

En eixir al carrer el mòbil xiulà.

JUDIT. K fas? ☺

WhatsApp de Judit.

VERA. Vaig al merkat ☹... I tu?

JUDIT. Stem en klas de music...
VERA. Vigila, n t lleven el mòbil...
JUDIT. Tranki, el Mozart no sap ni on te el cap.
VERA. Kedem sta vespra ☺ ☺??
JUDIT. OK. Ja tenvie un watxap.
VERA. A10!! ☺☺
JUDIT. B7s.

Aquella conversa clandestina va fer que Vera, per un moment, oblidara el consell de guerra que li havia muntat sa tia. Llavors, més relaxada, continuà cap al supermercat. I just quan estava a punt de col·locar-se els auriculars per refugiar-se en la seua música, una manassa li va caure sobre el muscle. Vera es va sobresaltar i va pegar un salt tan gran, que per poc no toca el sol. Però la cara de terror li va canviar, en reconéixer la persona que l'havia agarrat. Es tractava de l'oncle Ximo, que la va acollir amb un somriure d'eixos d'anunci de pasta de dents. Pel que li va contar, s'havia demanat el matí lliure per visitar el traumatòleg. Es veu que feia temps que el genoll esquerre no es comportava com tocava.

–Xe, bonica, on vas?

–A comprar. La tia m'ha tret del llit a crits i m'ha or-de-nat que vaja al supermercat.

–Vinga, de segur que no hi deu haver hagut per a tant –aquell matí Ximo estava especialment agradable.

–Que no? Doncs, pregunta als veïns, pregunta'ls. M'imagine que tota la finca ja deu saber que m'han expulsat dues setmanes.

–No t'ho prengues malament –digué pessigant-li la galta–, ja t'he dit que està molt preocupada... Vols que t'acompanye?

–Bé, no em vindrà malament un poc d'ajuda... I, per cert, no tens un cigarret que vulgues compartir amb la teua neboda favorita? –digué Vera amb la careta de corderet degollat tan ben assajada des de menuda.

–La meua neboda favorita? Pocavergonya! –va respondre entre rialles–. Pren, neboda favorita –i li acarician els cabells–. Però no t'hi acostumes, ets massa jove...

Sense deixar de riure i dibuixant espirals de fum, oncle i neboda van entrar al supermercat.

Mire, senyor Castany, reconéixer els errors no formava part de la llista de les meues virtuts. No. Fins on m'arriba la memòria, sempre m'encarregava de culpar els altres de tot el que m'ocorria. Si no era feliç, la culpa era del defensa de l'Espanyol que m'havia destrossat el genoll. O de la meua exdona, que era una cabrona. O dels jugadors que m'havia tocat entrenar aquell any, molt roïns... O dels veïns, que em feien la vida impossible. Sempre hi havia uns culpables que conspiraven perquè tot m'eixira malament... Maria Victòria, de fet, sempre insinua que quan el creador –Déu, Al·là, Jehovà, la bioquímica, o qui siga– es va posar a encaixar les peces del meu cervell, s'oblidà d'instal·lar-m'hi el xip de l'empatia, o que me'n va instal·lar un de rovellat. Qui ho sap... El cas és que amb Vera tampoc vaig saber rectificar la meua actitud. I la pobra xicona va passar tota la setmana entrenant-se a soles, sense baló, fent voltes i més voltes al perímetre del camp de futbol.

Reconec que el més adequat hauria sigut demanar disculpes i acceptar-la com una més de l'equip, com, de fet, em va demanar la capitana, en nom de totes, en començar l'entrenament del dilluns. Però m'havia insultat en públic i jo ja feia temps que havia decidit trencar relacions amb tothom que es burlara dels meus cabells blancs o de la coixesa que m'havia lligat de per vida amb Maria Victòria. Qui em deia *iaio*, *coix*, *paraolímpic*, *ancià* o coses per l'estil, només podia resar perquè jo no haguera tingut un dia especialment dolent.

La pobra xicona degué córrer aquella setmana setanta o huitanta quilòmetres. Quan passava prop de mi, em llançava una de les seues mirades reptadores. I a cada mal d'ull, jo –per dins– esbossava un somriure, perquè sabia que la venjança es consumava. I vosté podria preguntar, tenint en compte el caràcter explosiu de Vera, com era possible que no m'haguera enviat a fer la mà i que no haguera abandonat l'equip... No ho sé. La veritat és que la vaig interrogar desenes de vegades, però ni ella mateixa va saber què dir-me. Tal vegada el futbol era l'única vàlvula d'escapament que tenia la xicona en aquells moments, o qui sap si ideava un pla diabòlic per tornar-me-la i deixar-me en ridícul davant de tota la plantilla.

Doncs bé, el divendres d'aquella setmana, cap al final de l'entrenament, vaig ordenar que les jugadores es dividiren en dos equips per jugar un partidet i assajar uns quants moviments ofensius. Llavors, quasi sense voler, em vaig fixar en Vera. Quan vaig veure el que feia, em vaig quedar tan impactat que el cigarret em va caure dels llavis. S'acabava de beure una botelleta de líquid isotònic, la va llançar a l'aire i, abans que caiguera en terra, la va controlar amb el peu dret –recorde, un insignificant trenta-quatre–, la va pujar al cap, va fer dos tocs i, en acabant, la va baixar al genoll i la va clavar a la paperera. Després alçà una altra botelleta de plàstic, ara amb el peu esquerre, i va fer uns cinquanta o cinquanta-cinc tocs, abans de llançar-la al fem. Vaig tancar els ulls i em va vindre a la memòria Maradona, l'any que va jugar al Sevilla, fent malabarismes amb un paquet de tabac esclafat. Em vaig pessigar dues vegades per convéncer-me que aquell prodigi l'havia protagonitzat una xicona. Li assegure, senyor Castany, que en aquell moment vaig començar a oblidar els prejudicis que tenia en contra del futbol femení.

–A veure, tu! –li vaig cridar–. Si ets capaç de repetir el que acabes de fer amb aquest baló t'alce el càstig –i li'l vaig llançar.

Vera, amb la lluentor als ulls que mostrava sempre que encarava la porteria contrària, va capturar l'esfèric amb el peu dret. Abans de tocar terra, el va pujar a la punta del nas i va començar a fer tocs amb el cap, mentre s'acostava. Quan es plantà a uns deu metres de mi, el deixà caure al peu esquerre i, amb l'interior, me'l llançà a les mans.

–T'agrada així o t'estimes més que ho repetisca amb la cama dreta?

–Bé... –em va deixar sense paraules–. T'alce la sanció. Tornes a l'equip... Pots dutxar-te...

Mentre se n'anava cap als vestidors, es girà i, amb el primer somriure que li vaig veure des que ens vam conéixer, em va dir:

–Gràcies, míster.

A mesura que la xicona s'allunyava, vaig notar una espècie de descàrrega elèctrica al cervell, com si el mecanisme de l'empatia, eixe que Maria Victòria insinua que em van instal·lar rovellat, volguera connectar-se.

–Un moment... –li vaig cridar. El temps es va parar. Maria Victòria va somriure. Pensava que per fi anava a demanar disculpes. I, de fet, eixa era la meua idea. Però es veu que eixe mecanisme estrany, el de l'empatia, no s'arregla tan fàcilment–. No... No res... que demà estigues ací a les huit del matí... A les dotze juguem a Elx...

5

–Mire, senyor Sabater, o ens n'anem ja, o no arribem. Vosté dirà. A mi no m'importa, m'han de pagar igual, vostés són les que juguen el partit...

–Entén el que són cinc minuts? No li he dit que s'espere cinc minuts que ens falta una jugadora?

–Sí, senyor, el que vosté diga. Però fa mitja hora que em diu el mateix. A veure si resulta que no sóc jo qui no sap quant són cinc minuts?

–Faça el favor de clavar-se en els seus assumptes! I tu –vaig afegir mirant cap a Judit–, no t'he dit que telefones a Vera? És que ho he de fer jo tot!

–Però, míster, en l'última mitja hora ja li he telefonat vint o trenta vegades i no l'agafa... No sé res d'ella des d'anit...

–Doncs, torna a telefonar-li!

El rellotge marcà les nou i vint. El nerviosisme començava a apoderar-se de l'autobús. Vera no apareixia. I damunt, el conductor, un híbrid entre l'*Australopithecus* i l'*Homo erectus* que s'amagava darrere d'unes ulleres de sol tan grosses que semblaven l'aparador d'una botiga de sabates, va posar un CD de música flamenca. I li confesse que aquest estil de música i jo no ens duem massa bé.

–Vinga, anem-nos-en! –li vaig ordenar–. Però li

aconselle que canvie el repertori musical, si no vol que tinguem un viatge incòmode.

El conductor, que igual que jo era virtuós de la diplomàcia i de la subtilesa, apujà el volum de la ràdio i em suggerí, amb paraules textuals, «que deixara de pegar-li la vara o qui tindria un viatge incòmode seria jo». Mentre abandonàvem València, els ulls se m'escapaven per les finestres amb l'esperança que apareguera la menuda Vera, amb la bossa d'esports i qualsevol excusa per justificar el retard. Però ni arribà ni donà senyals de vida. I això preocupava molt Judit, que, com li podria confirmar Maria Victòria, cada cinc o sis minuts tornava a marcar el mòbil de la seua amiga sense èxit.

Arribàrem a Elx dues hores i mitja després. Cent cinquanta minuts de *lolai, lolai, lolai* i *ariquitaun, taun, taun*. Quasi m'esclata el cap...

–A veure, *marujones*, teniu deu minuts per canviar-vos. Després entraré per a la xarrada tàctica. Val més que vos afanyeu si no voleu que vos agafe en conill.

Mentre les xicones entraren al vestidor, li vaig demanar el mòbil de Vera a Judit. Qui sap si la nit anterior havien discutit i aquella era la causa de la misteriosa absència de Vera. Ja sé que eren quasi com germanes, però vosté sap que, fins i tot entre germans –o especialment entre persones que comparteixen sang i llinatge– poden produir-se enfrontaments terribles (i si no que m'ho pregunten a mi, que en aquella època feia vint anys que no em parlava amb ningú de la família, per qüestions que ja li contaré un altre dia).

Vaig marcar i després de sis tons, va botar la bústia de veu:

–Es pot saber on collons t'has clavat? Què, tota la nit de festa? Doncs, com diuen al meu poble, qui està per a vetlar, també ho ha d'estar per a matinar. Ja parlarem dilluns, ja... Ah, tornes a estar sancionada.

El partit? Una llanda. L'única que podia posar-li un poc de trellat al joc del nostre equip s'havia quedat dormint la mona. I, pel que es va veure, a les elxanes tampoc els venia bé això de jugar un dissabte al migdia. Zero a zero. Noranta minuts, dos tirs entre els tres pals, un paquet de cigars i la sensació d'haver vist un partit de tenis sense raquetes i amb una pilota més grossa.

El viatge de tornada, un altre martiri. Més *lolai lolai*. Més *tacatà tacatà*. I, damunt, m'havia oblidat l'entrepà per dinar a casa. Quin forat tenia a l'estómac! De les dimensions de la capa d'ozó de l'Antàrtida.

Per fi vam arribar a València. Plovia. Perquè no em banyara massa, Judit i Núria m'ajudaren a guardar els equipatges bruts i els balons a la caseta de l'equip. Però Murphy va tornar a fer-ne de les seues i, segurament perquè plovia, no hi havia manera de trobar les claus. Quan les vaig localitzar, estava tan xop que fins i tot em tremolava l'ànima.

–Alguna notícia de Vera? –vaig preguntar a Judit.

–Res. Com si se l'haguera tragat la terra. Ara passaré per ca sa tia, a veure què em diuen.

–Bé, doncs, ja ens veiem dilluns.

Judit se n'anà sense acomiadar-se. L'absència de Vera l'havia descentrada per complet. Ella, que habitualment es matava a córrer en cada partit, aquell matí s'havia quedat en companyia de les centrals de l'equip contrari, com una illa deserta. No va tocar un baló en tot el partit. I en aquell moment continuava en fora de joc.

No li mentiré, senyor Castany. Jo també estava intrigat. I sí, ho reconec, començava a preocupar-me. No era normal que Vera no agafara el telèfon a ningú. A saber en quin embolic es devia haver clavat la xicona; perquè, una altra cosa no, però Vera era tota una experta a travessar la línia roja que separa el que es pot fer del que és millor que et conten.

Maria Victòria i jo vam esperar uns deu minuts per veure si deixava de ploure. Però com el cel va deixar ben clar que no evidenciaria cap mostra de pietat, em vaig posar la caputxa i ens vam endinsar en la pluja anant cap a l'estació del metro. I no s'ho creurà, però justament quan baixàvem les escales, Maria Victòria em va estirar del braç i assenyalà cap al pont. I allà, senyor Castany, ajupida entre dues bosses de roba esportiva, hi havia Vera. Duia els cabells derrotats per la pluja; la mirada desconnectada i les restes d'un canut, que encara fumejava, entre els dits. Era la imatge viva del patetisme. «Tens raó, Maria Victòria, anem-hi», i tan ràpidament com em va permetre el dolor de genoll –que els dies de pluja se m'intensificava d'una manera inhumana–, ens hi vam acostar.

–Molt bé, xiqueta, molt bé! Et deu paréixer bonic haver deixat tirades les teues companyes aquest matí! Que sàpies que el teu estil de vida és absolutament incompatible amb l'equip. O siga, que si no estàs disposada a regir-te per les normes de tots, per mi te'n pots anar a fer punyetes i...

La xicona no em va deixar acabar. S'alçà d'un colp i, per a la meua sorpresa, en lloc d'enviar-me a la merda, m'abraçà i trencà a plorar d'una manera desconsolada. Jo, que no entenia res i que, a més, no estava acostumat a actuar en aquell tipus d'emergències, vaig deixar guiar-me per l'instint i em vaig esforçar a fabricar una abraçada rudimentària que, almenys, fóra creïble.

–Pe... però... Què t'ha passat?

Vera no era capaç d'emetre cap paraula intel·ligible. I com que la xicona se n'adonava, plorava més i més. Quan, finalment, la pobra xica aconseguí asserenar-se, alçà el rostre i amb uns ulls enrogits per la tristor i per l'efecte de les herbes del canut que s'acabava de fumar, em digué:

–Míster... anit... Ma tia... Em va tirar de casa...

–Que t'ha tirat de casa?! Per què? Què has fet ara?

Vera, sense deixar de plorar, va negar amb el cap.

–Dona, alguna cosa has d'haver fet, si no, ta tia no hauria pres una decisió tan dràstica.

–No... No... No... Res... T'ho jure, míster... No he fet res... –i plorà amb més intensitat.

Aquell rostre i aquelles llàgrimes engegaren una zona del meu cor que feia segles que havia oblidat que existia.

–Vinga, vinga... No plores, xiqueta... De segur que té solució... Va, tranquil·litza't. Jo t'ajudaré, però necessite que em contes què va passar anit...

Vaig notar com Vera tremolava en recordar el que li havia ocorregut la nit anterior. Vam seure. Va amagar el cap entre les cames. Dues vegades va estar a punt d'obrir la boca, però no es decidí a parlar. I quan el semàfor del passeig de la Ciutadella es posà verd i els cotxes arrancaren, Vera alçà el rostre i, encara entre sanglots, inicià la narració.

–No sé ni com començar a contar-t'ho... La veritat és que no sé com m'ha pogut passar açò... Veuràs –va prendre aire– ... anit, en acabar l'entrenament, me'n vaig anar a casa. Els oncles i la meua cosina se n'havien anat al centre i encara no n'havien tornat... Així que, com que tenia fam, vaig obrir la nevera i em vaig preparar un entrepà. Encara no havia començat a menjar, quan vaig sentir que algú obria la porta... «Quin fàstic», vaig pensar, «ja s'ha acabat la festa». «Vera, pares en casa?». Era la veu de l'oncle; llavors, vaig respirar alleugerida, almenys no eren ni ma tia ni la meua cosina, que no les aguante.

Vaig sortir cap al menjador d'on havia sentit que sortia la veu. I el vaig trobar tan content com sempre i amb un paquet embolicat amb paper de regal a les mans.

–Mira què t'he comprat... Per a la meua neboda favorita!

–Un regal? Per a mi? –que bonic que és el tio, vaig pensar.

–No vols obrir-lo? Vinga, pren!

Me'l va llançar. I, sense pensar-m'ho dues vegades, el vaig obrir. I saps què era? Una camiseta negra del Tommy's!

–Vinga, emprova-te-la!

–Vaig, vaig! –quin detall tan bonic havia tingut el tio. Estava encantada amb el meu oncle.

Me'n vaig anar al lavabo a canviar-me. I quan m'acabava de llevar la camiseta per emprovar-me la nova, l'oncle –aprofitant que no m'havia tancat amb clau– entrà i em va sorprendre mig nua.

–Però, *tio*, on vas? –li vaig preguntar estranyada.

–A descobrir els encants que amaga la meua neboda favorita...

–Què... Què... Què dius? –com que el tio no deixava de somriure, vaig creure que es tractava d'una broma; de mal gust, però una broma.

–Vinga, no dissimules ara, que sé com em mires, ja no ets cap xiqueta...

Les llàgrimes interromperen el relat de Vera. Seguint una ordre de Maria Victòria, m'hi vaig acostar i la vaig abraçar. Després de dos minuts seguits sense parar de plorar, em confessà com el seu oncle havia intentat abusar sexualment d'ella. No va poder consumar la violació, perquè inesperadament arribà sa tia; que, per a la desgràcia de Vera, ho va interpretar al revés, i va pensar que havia sigut la pobra Vera qui havia intentat seduir el marit. No li permeté donar-ne cap explicació i la va tirar de casa, després d'inflar-li el cos amb punyades i colps de peu i amollar-li els insults més denigrants que va saber.

–I per què no has anat a la policia?

–Perquè no. No serviria de res. Tu a qui creuries: a tot un senyor funcionari, pare model i espòs fidel?

O a una xicona com jo, que beu, que es droga i que ja està fitxada per la policia? Tots testificarien en contra meua... Míster, es burlarien de mi en la cara...

Maria Victòria m'agarrà del muscle i em xiuxiuejà unes quantes paraules a l'orella. El que em va dir no m'agafà per sorpresa, perquè també jo ho barrinava.

–Llavors, pel que veig, no tens cap lloc on passar la nit, veritat?

La xicona va negar en silenci.

–Doncs, agafa les coses i vine-te'n a ma casa. Demà ja pensarem què podem fer.

El primer que vam fer va ser ordenar un poc l'habitació que ocuparia Vera. Tot i que hi havia un llit, feia anys que l'utilitzava de traster i a gosades que hi vam trobar andròmines de tota classe! Se'n recorda de Naranjito, senyor Castany, la mascota del mundial d'Espanya? Doncs, allí dins vam trobar més de trenta cromos de Naranjito que repartia una marca de iogurt. Pòsters del València de l'època de Víctor Espárrago que Vera va arreplegar amb ois, ja li he dit que ella és del Llevant. I, fins i tot, els primers fascicles d'un curs d'anglés que vaig comprar a principi dels huitanta, per si me n'anava a entrenar a Anglaterra... Quatre bosses senceres de fem!

Si li he de ser sincer, era la primera vegada en molts anys que sentia vergonya de portar algú a la cova on vivia. La cuina semblava una còpia exacta d'alguna d'eixes dels edificis abandonats que apareixien a la pel·lícula

Blade Runner. Del bany... Bé, del bany m'estime més no parlar per no posar-li els pèls de punta. Espere que aquell dia, almenys, me'n recordara d'estirar la cadena.

Vera va passar la resta del dia tancada a l'habitació. No va voler ni sopar. De tant en tant l'escoltàvem riure. I al cap d'uns quants segons aquelles rialles es transformaven en llàgrimes plenes d'amargura. En certa manera era lògic que reaccionara així. Devia sentir-se molt estranya. Ningú no està preparat per processar unes experiències tan dures com les que acabava de viure. I jo, senyor Castany, tampoc sabia com actuar. Maria Victòria m'animà, almenys, en un parell de vegades perquè m'acostara a l'habitació i tractara de consolar-la. Però després de tants anys afiliat al partit de la indiferència afectiva, li assegure que havia oblidat per complet tant la teoria com, sobretot, la pràctica.

L'endemà, encara no eren les nou del matí, Judit tocà a la porta. No calgueren paraules. Amb un senyal li vaig indicar on podia trobar Vera. I mentre vaig posar la cafetera al foc, m'arribaren les llàgrimes de les dues amigues. Vaig intentar no posar l'orella per respectar la seua privacitat, com m'aconsellà Maria Victòria. Però va ser inevitable escoltar com Vera, constantment, es turmentava amb un sentiment de culpa ridícul. La xicona no parava de dir que si ella no haguera fet allò o allò altre, tal vegada... I Judit no la deixava caure en l'autoflagel·lació, l'abraçava, l'acariciava i li recordava, amb paraules alhora directes i afectuoses, que ella no tenia culpa de res, que «el desgraciat i el que havia intentat abusar d'ella havia sigut el seu oncle».

La visita de Judit va ser tota una benedicció per a Vera. Aquell dia va estar més animada i, fins i tot, va recuperar la gana. Però era evident que tardaria encara temps a recuperar-se per complet. De fet, durant les primeres setmanes que vam conviure, era estrany no sentir-la plorar en algun moment del dia.

Els problemes de convivència no tardaren a aparéixer. Després de vint-i-quatre hores de treva, dilluns esclatà la primera confrontació civil digna de ser contada. Tot començà en el desdejuni. Vera, que s'havia gitat prou més tard del que habitualment les bones bruixes comencen a treballar, es va despertar quan passaven uns pocs minuts del migdia. Arribà a la cuina amb les parpelles mig tancades i el bon humor oblidat entre els llençols. Damunt d'una safata descolorida pel pas del temps va trobar el desdejuni que m'havia costat preparar-li vora una hora. I no un desdejuni qualsevol, sinó l'adequat per a una xicona de quinze anys: un bon suc de taronja, quatre torrades de pa integral amb oli i una tassa de llet amb cacau. Li l'havia preparat exactament igual que la nutricionista d'un programa de televisió que, curiosament, havien emés aquell matí. Doncs bé, sap quin va ser el premi que vaig obtindre després de tot aquell esforç? Si em permet l'expressió col·loquial, un puntelló al cul.

Quan Vera va tastar el suc, el va escopir de colp. Com si li haguera fet al·lèrgia. «Que on tenia el sucre»... Les torrades, «que feien sabor de peix podrit». I la llet... «Que si no tenia café».

–Escolta, xicona, a veure si abaixem els fums, que he passat tot el matí cuinant per a tu...

Silenci. Cares llargues. Ella se'n va tornar a l'habitació. Jo vaig eixir al balcó a fumar. Mitja hora més tard, quan semblava que s'havia rebaixat la tensió, començà la segona batalla.

–Me'n vaig a comprar –no vaig saber ser més sec–. Necessites res?

–Home, podries comprar algun producte de neteja, perquè açò pareix una porquera. I ja que hi vas... Em podries portar una capseta de compreses i una altra de tampons.

En escoltar les paraules *compreses* i *tampons*, el cervell m'ordenà que se'm paralitzara el cos.

–Que et compre què? No, no, no, no... Ja t'ho compraràs tu demà... No, no, no... Jo, eixes coses tan rares...

–Com que coses rares? Sóc una xica! I cada vint-i-huit dies, ja saps... I si no hui, demà, em baixarà la regla... No et costa gens... Només has d'agafar una capseta groga on diga compreses i una altra de blava, més xicoteta, on diu tampons.

–Però jo...

–Míster, si et fa vergonya, te l'aguantes, però ho necessite...

Ja ho crec que vaig passar vergonya. La suor em va delatar quan vaig arribar a la secció d'higiene femenina. Era incapaç de llegir res. Totes les capses em semblaven iguals. I, lògicament, després d'estar cinc minuts mirant i remirant cada producte d'aquella secció, l'encarregada, una senyoreta jove vestida d'un blau molt elegant, tot s'ha de dir, se m'acostà.

–Puc ajudar-lo en alguna cosa, senyor?

El somriure pràcticament li tallava la cara en dos. I la seguretat amb què parlava, em va empetitir i empetitir tant, que vaig sentir com si, de sobte, m'haguera convertit en un ratolí.

–Sí, senyoreta... –vaig començar a respondre–. Mire, necessite una capseta de ...eses... i una altra de ...ons.

Li ho vaig demanar tan baixet, que ni tan sols Maria Victòria va ser capaç d'entendre-ho. La senyoreta de blau alçà una cella i arrufà el nas per dibuixar el signe d'interrogació al rostre.

–Com-pre-ses... i tam-pons –vaig repetir, vocalitzant cada síl·laba, però sense alçar el to de veu, perquè ningú, tret d'aquella senyoreta de blau, poguera assabentar-se'n.

–Ah, compreses i tampons! –li va faltar anunciar-ho per megafonia. Encara em vaig empetitir més. Em va fer la impressió que tot el supermercat es va girar per saber qui era l'home que demanava aquells productes d'higiene femenina.

–I com vol les compreses, amb ales, sense ales, per a tanga? I els tampons? Grans, normals, minis?

–I jo què sé? Per a xicones de quinze anys!

La senyoreta de blau, en adonar-se de la goteta de suor que em recorria el front, comprengué que ja m'havia torturat en excés i optà per donar-me dues capsetes dels productes que més es venien.

–Ací té. No es preocupe, de segur que amb açò la seua néta podrà apanyar-se.

La meua néta? Mare de Déu, quina falta de respecte! Em van donar ganes de posar-li una querella... Però com que tenia tantes ganes de fugir d'aquell lloc, Maria Victòria i jo optàrem per anar-nos-en al més ràpid possible. Prova superada. Vaig respirar, alleugerit...

L'entrenament d'aquell dilluns, per ser el primer de la setmana, va ser suau. Vam començar amb una xarrada al mig del camp, en la qual –amb tota la delicadesa que vaig saber– els vaig repassar les errades que havien comés dissabte a Elx. Els vaig insistir, una setmana més, que deixaren de maltractar el baló, que no tenia la culpa de les seues mancances tècniques. «Mireu», els vaig dir, «si no canvieu el xip, veig més fàcil que vos carregueu el *Meteosat* d'una balonada, que no que feu tres passades seguides durant un partit...».

–A veure, senyoretes, alguna de vosaltres sap qui és Alfredo di Stefano?

–Un antic jugador... –va respondre, tímidament, alguna.

–No és el iaio que presenta els fitxatges nous del Madrid? –aventurà una altra.

La sang em va pujar al cap.

–Em faria vergonya calçar-me cada dia unes botes de futbol i no tindre ni idea de qui és Di Stefano! A veure... Si diuen que Maradona és Déu, Di Stefano és molt més que això! És el pare de Déu! Va ser el creador del futbol modern, el megacrac d'aquest esport quan el que importava realment era el que ocorria als camps de futbol i no quin cotxe, quin pentinat o com de gran tenen el pardal alguns futbolistes! Va ser el més gran com a jugador i també com a entrenador. I jo, escolteu-me bé, jo vaig tindre l'enorme privilegi d'entrenar a les seues ordres. I sabeu què deia Di Stefano?

Mirades atentes. Silenci total.

–Di Stefano, quan veia que algun jugador abusava de les balonades, l'agarrava de la samarreta i, tot fora de si, li deia: «els balons són de cuiro. El cuiro ve de la vaca. La vaca menja herba. Doncs, baixa el baló a l'herba!». Feu-me cas i veureu com, prompte, les coses començaran a eixir-nos bé. Aquesta setmana juguem contra el Castelló i no se'ns pot escapar la victòria. Vinga! Vint minuts de carrera contínua i després, estiraments.

Aprofitant l'enrenou que es va organitzar en l'inici de la carrera, Judit se m'acostà i, sense que Maria Victòria ni jo ho esperàrem, em besà molt tendrament.

–Gràcies, míster. Moltes gràcies pel que està fent per Vera. No és mala xicona, ja ho veurà. Done-li temps. El que passa és que sempre li ha eixit tot al revés. I ara està molt afectada amb això del seu oncle.

Em vaig quedar descol·locat. Em deixà sense paraules. I quan vaig intentar respondre, Judit s'incorporà al grup. Mentre les veia córrer, riure i gastar-se bromes, no vaig poder evitar viatjar uns quants anys enrere quan jo era un jovenet alegre, ple d'energia i amb la il·lusió de convertir-me en una estrella del futbol. Com m'havia canviat la vida... Quants somnis havia malbaratat... Quan me'n vaig adonar ja no pensava en mi, sinó en Vera i en com ajudar-la a eixir del pou. I a mesura que cavil·lava i cavil·lava, aquella nit se m'instal·là una obsessió al cap: havíem de donar-li una lliçó al fill de puta de l'oncle. No em mire així, senyor Castany, no es tractava d'assassinar-lo, sinó que aprenguera que hi ha coses que no es poden fer. Maria Victòria tampoc va fer bona cara; però, després, no digué res quan vaig traure el mòbil i vaig telefonar a un vell conegut que treballava com a detectiu i li vaig encarregar un treballet d'investigació sobre el personatge en qüestió.

Ull per ull, dent per dent.

6

La nit abans del partit, amb l'excusa que era el 9 d'Octubre, Vera va decidir celebrar-ho. No em va fer gens de gràcia; però quan a Vera se li clavava al cap que havia de fer açò o allò, no hi havia manera de canviar-li els plans. Li vaig advertir que la deixaria a la banqueta si no tornava prompte. Però ella em va jurar i perjurar que només havia quedat amb Judit, per «fer una volteta pel barri». Una volteta que la majoria d'ocasions començava al parc de l'Oest amb mitja botella de coca-cola, un bric de vi i uns quants gots de plàstic (ja m'entén, senyor Castany) i que l'endemà quasi ningú recordava ni on ni de quina manera havia acabat. Aquella nit no en va ser una excepció. Ni Maria Victòria ni jo tenim ni idea de quan va arribar la xicona. L'última vegada que vaig consultar el rellotge passaven de les dues i mitja.

L'endemà, el despertador sonà a les huit i quart. I quan Maria Victòria i jo arribàrem a la cuina, vam trobar Vera ja vestida i a punt de desdejunar. La vaig analitzar detingudament des de la porta, com si m'hagueren trasplantat al cervell un escàner de la policia. Aquell primer examen ocular va resultar positiu. Però, és clar, caldria haver-lo contrastat amb una anàlisi combinada de sang i d'ADN.

–Es pot saber a quina hora vas arribar anit? –estava massa cabrejat per desitjar bon dia a ningú.

–Cap a les dotze... Però no et vaig dir res perquè em va saber greu despertar-te... –ni Pinotxo hauria mentit d'una manera tan patètica.

–Llavors, estàs descansada? Puc comptar amb tu des de l'inici?

–Com una roca, míster.

Però a aquella roca se li van tancar els ulls en seure al metro i si no l'haguera despertada, en lloc de baixar a la parada de l'Albereda, hauria acabat perduda entre camps de xufes a Alboraia. Malament començàvem.

Jugàvem contra el Castelló, el quart classificat. Amb la poca informació que teníem, sabíem que era un equip que no encaixava massa gols i que treia petroli dels pocs gols que marcava. Era, per tant, un equip construït a partir de la defensa, que, segurament, guanyaria els partits imposant un ritme físic alt.

–A veure, senyoretes –vaig dir en entrar al vestidor per a la xarrada prepartit–, ja sabeu que tenim davant un equip que ens ho farà passar malament. Si no correm més que elles, no hi haurà res a fer. Està clar?

–Sí, míster! –respongueren totes amb un crit unànime.

–Per tant, apliqueu tot el que hem treballat aquesta setmana. Procureu jugar el baló; recordeu el que vos vaig dir de Di Stefano i de les vaques. No pegueu balonades si no és qüestió de vida o mort! I, per acabar, no oblideu que el futbol és un esport que es juga en equip, que a ninguna li pegue per armar la guerra pel seu compte... –vaig dir mirant cap a Vera–. Cap dubte?

Silenci. Màxima concentració. Ja tocava guanyar.

–Doncs, hui jugarem amb un quatre-tres-tres, amb dues puntes molt obertes a les bandes i un fals nou, que entrarà des de darrere. Aquesta és l'alineació: Rut, a la porteria; Nuri i Tere, centrals; laterals, Júlia i Mar; al mig del camp, Laura, Carla i Paula; dalt, obertes a les bandes, Jennifer i Judit, i, com a fals nou, Vera. Vinga, xicones, a guanyar!

–A guanyaaar!!!

Les jugadores eixiren al camp encoratjant-se les unes a les altres. Tot eren crits, ànims i molta energia positiva. El poc públic que hi havia vingut (els amics i familiars de cada setmana i un iaio despistat amb un gosset blanc) aplaudí l'eixida al camp. Entre els que més aplaudien, aquell dissabte em va cridar l'atenció un home amb més barba que cabells, la cara redona com un panou i unes ulleres de pasta negres enormes, com les que duen els científics despistats de les comèdies nord-americanes. El recordava d'altres partits. Es veu que era familiar d'alguna de les jugadores, perquè des que l'àrbitre xiulava l'inici del partit, fins al final, no deixava de fer fotos. Aquell matí, a més, s'havia dut un ordinador portàtil i una videocàmera que, amb molt poca traça, intentava acoblar a un trípode.

–Vosté, el de la càmera! –vaig cridar, tan bon punt va encendre el primer cigarret del partit.

–Ah... Que no es pot... Ho... ho... sent... So... sóc Pere Banyuls, el pa... pa... pa-re de Pau... Pau...la, la juga... juga-do-ra... No... no ho sa... sa... sabi... a... M'aca... m'aca-be de com... de com... prar la càme... ra i vo... li... a estre... estre... nar-la... –damunt, botijós. Vaig estar a punt de dir-li que cantara, perquè diuen que els tartamuts quan canten, s'expressen millor.

–Doncs, si vol estrenar-la ens podria fer un favor. En lloc de gravar el partit d'ací, per què no s'instal·la damunt del pont, que hi ha millor visió? Ens vindria molt bé, per corregir errades al descans.

–Vo... vo... vol que... que... que gra... ve... el pa... par...

–Sí! –el vaig tallar. Hi havia poques coses que em posaren més nerviós que un botijós–. I quan acabe la primera part, baixe al vestidor i ja veurem de quina manera podem projectar les imatges.

–Té... té... Di... di... disc... du... du... dur...

–Què?! –Mare de Déu, Senyor! Necessitàvem un vocabulari valencià-tartamut, tartamut-valencià.

–Que... que la cà... càmer... a... té... disc... disc... du... du... dur... Que... que... ho po... po... podrí-em ...veu... veure... al por... tà... tà... til... Sen... se pro... pro... ble-mes...

–Doncs, perfecte, en el descans l'espere a la porta del vestidor.

L'home, il·lusionat com un xiquet la primera vegada que el porten al circ, es carregà el trípode a l'esquena i se n'anà corrents escala amunt cap al pont de Calatrava. L'àrbitre, després de posar el cronòmetre a zero, xiulà l'inici de l'encontre. Pere alçà el dit polze per indicar-me que la gravació estava en marxa. I el iaio que havia vingut amb el seu gosset, quan s'adonà que era futbol femení, va optar per anar-se'n.

Els primers deu minuts van ser de domini territorial nostre. Teníem el baló (per fi, no l'enviàvem a missions espacials), el jugàvem amb cert criteri, però en arribar al semicercle de l'àrea rival, s'acabava el futbol. Les jugadores del Castelló estaven molt còmodes. Ha sentit mai parlar de la tàctica del ratpenat, de la de l'autobús, o del *catenaccio* italià? Doncs, fins al primer quart així jugaren les castellonenques. No hi havia manera d'entrar a l'àrea.

Ara bé, a partir del minut vint, la situació començà a canviar. El Castelló va perdre la por. I, pel que vam veure, aquell equip era molt ràpid a la contra. Segon, tercer i quart cigarret. Primers crits des de la banda.

–Nuri!!! Vigila l'esquena!!

–Rut, si plou no et banyaràs!! Vols avançar la posició!!

–Veraaa!! *Caguen dena*!! Vols ajudar un poquet al mig del camp!!

–Judit!! Que la teua banda pareix un colador!!

Van avisar tres vegades. La primera la va parar Rut. Encara no sap com ho va fer. Quina parada! La segona se'n va anar fora, per uns pocs mil·límetres. La tercera rebotà en la part interna del pal esquerre quan la banqueta rival ja celebrava el primer... Però a la quarta no hi hagué pietat, baló perdut al mig del camp, contra rapidíssima i el zero a u pujà al marcador.

–Serà possible!!! Mira que vos ho he advertit!!!

Cinc minuts després, l'àrbitre, gràcies a Déu, assenyalà el camí dels vestidors. Com havia canviat la decoració del partit: desànim, incredulitat, ràbia continguda... Vera estava tan cabrejada que se li van escapar un parell d'impertinències. Vaig comptar fins a deu, a pesar que el cos em demanava que traguera el fuet. Pere no tardà a arribar i, mentre les xicones recuperaven líquids, preparà la projecció.

–A veure, silenci! –Maria Victòria m'agarrà del braç, com sempre que em demana prudència–. El pare de Paula ha vingut hui amb tota la seua il·lusió per estrenar la càmera gravant-nos el partit. I vosaltres, a canvi, feu el ridícul. Ens toregen!

Silenci sepulcral. Algunes mirades verinoses contra la defensa de l'equip.

–Però no vos equivoqueu, no culpeu Nuri i Tere. Elles ja han tingut prou amb tractar d'arreglar les cagades del mig del camp i de la davantera –vaig mirar directament Vera i Judit–. A veure, Pere, posa les imatges del gol... Mireu, el baló és nostre, però, fixeu-vos, Laura l'ha perdut perquè no tenia ningú a qui passar-li'l. Para el vídeo! Has estat molt còmoda dalt, Vera? Fixeu-vos, elles eren tres en el mig del camp, més la defensa lliure que s'hi ha incorporat. Han aconseguit majoria. I tu, Vera, en lloc d'ajudar, t'has quedat en companyia de les dues centrals. Molt malament, Vera!

La petita jugadora acatxà el cap.

–I fixeu-vos ara, posa'l en marxa, Pere! Com continua la jugada? Per la banda que hauria d'haver tapat Judit, mireu quina autopista ha tingut la carrilera rival! No pot ser, Judit.

L'amiga de Vera estava tan groga que feia la impressió que en qualsevol moment començaria a vomitar.

–A mi em pareix molt bé que eixiu a la nit, que vos divertiu i que vos mengeu la lluna, si voleu. Però dins del terreny de joc heu de complir! Judit, tu no pots amb l'ànima, canvia't! I a tu, Vera, et done deu minuts més. Si no, també eixiràs. Rosanna, vés calfant, que entres.

Les dues amigues em van mirar i amb el foc que els eixia dels ulls vaig entendre perfectament l'amenaça de mort que m'havien llançat a mi i als meus descendents.

–Bé, xicones. La segona part serà molt complicada. Elles es tancaran encara més i nosaltres hem d'arriscar. Passarem a jugar amb dues davanteres: Rosanna de nou i Vera de segona punta. Laura, tu deixaràs el mig del camp i ocuparàs la posició de Judit. Hem d'intentar entrar per les bandes i centrar balons a l'àrea, per aprofitar-nos de l'alçada de Rosanna. Les jugadores del mig del camp heu d'estar molt atentes a les segones jugades. Vera, qualsevol baló que t'arribe, intenta-ho! I les defenses ja ho sabeu, si no hi ha remei, o passa el baló o passa la jugadora... Vinga! A guanyar!

–A guanyar!! –tornà l'optimisme.

Les xiques van eixir amb una altra mentalitat. Des que l'àrbitre assenyalà l'inici de la represa, l'equip intensificà la pressió per tot el camp i va tancar el Castelló dins de l'àrea. En cinc minuts, dues ocasions claríssimes. Rosanna, de cap, per molt poc no va marcar l'empat a l'eixida d'un córner. I, pràcticament en la jugada següent, Laura va enviar als núvols una assistència de Vera, quan el més fàcil hauria sigut fer l'empat.

–Bé, xicones! Açò ja s'assembla al futbol, seguiu així! –l'àrea tècnica se'm quedava menuda–. Vinga, Laura, no passa res, la pròxima de segur que entra!

No em vaig equivocar. Perquè un parell de minuts després, Vera arreplegà un rebuig al semicercle de l'àrea i abans que ningú poguera reaccionar, va llançar un potent míssil a l'escaire dret, davant el qual la portera rival només va poder aplaudir. Goool!!!

Vera alçà el puny esquerre en senyal de victòria, i quan es va adonar ja li havien caigut damunt quatre o cinc companyes per celebrar aquell golàs. Maria Victòria i jo saltàrem al terreny de joc, exultants, i l'àrbitre va haver de recordar-nos que no podíem eixir de l'àrea tècnica. I és que, senyor Castany, tot i que vosté no ho comprenga, hi ha poques coses que alegren la vida més que un gol del teu equip.

–Ara jugueu amb el cap! Amb el cap! No hi ha pressa! No ens precipitem! Queda pràcticament tota la segona part! –només em restaven cinc cigarrets. Tenia clar que, com no remuntàrem prompte, el final del partit seria horrible.

De seguida es va veure que el Castelló es conformava amb aquell resultat. L'entrenador va retocar el plantejament tàctic i va reforçar la defensa i el mig del camp. I no va posar dues porteres perquè el reglament no ho permet; però estic quasi segur que va telefonar a la federació per consultar-ho.

Les xiques estaven deixant-se la pell al camp. Teníem el control del joc. Les ganes de guanyar. I les ocasions. Entràvem per la banda dreta, per l'esquerra... Vera driblava, lluitava i, quan podia, buscava la porta. Nuri i Tere pujaven a rematar els córners... Però el dos a u no arribava i les reserves de tabac se m'exhauriren.

No pot ni imaginar-se, senyor Castany, com de ràpid passa el temps quan necessites un gol i no hi ha manera de marcar-lo. Aquell matí cada vegada que mirava el rellotge s'havien consumit deu minuts. Per això, arribàrem a l'últim minut del partit, quasi sense adonar-nos-en. Mira que haver-me quedat sense tabac! Maria Victòria va haver d'agarrar-me ben fort. Estava tan nerviós que volia entrar al camp a rematar les jugades... Pere, des del pont, també botava i es mossegava les ungles. I quan l'àrbitre es disposava a clavar-se la mà a la butxaca per traure el xiulet i assenyalar la fi, Laura, tota fe, va arribar a un baló que tothom es pensava que es perdria per la línia de fons i, com va poder, va centrar. I Paula, que havia acompanyat la carrera de la seua companya, s'avançà a la defensa que protegia el primer pal, tragué la punteta del peu i... goool!!!

Tots els que érem a la banqueta ens abraçàrem exultants. Paula se n'anà corrents cap al pont i dedicà el gol a son pare, que més emocionat que la filla, saltava eufòric davant la mirada atònita dels vianants que es dirigien cap al carrer de Colom. Per fi havíem aconseguit guanyar un partit!

Aquella vesprada, Vera, Judit i altres jugadores de l'equip, que també compartien el defecte de ser aficionades del Llevant, van quedar per veure el partit en un bar de la rodalia del Ciutat de València. Em van insistir un parell de vegades que les acompanyara, però a mi això de veure equipets de segona no m'acabava d'entusiasmar. Una llàstima, perquè el Llevant va perdre al camp del Nàstic; com m'hauria rigut d'elles...

Maria Victòria i jo optàrem per passar la vesprada al bar de Vicent. Aquella vesprada em vaig ajuntar amb Paco, el del quiosc; Manolo, un jubilat de Telefònica, i Josep, el pintor. Vicent, en veure'ns arribar, ens va col·locar el tapet verd en la taula del fons, ens tragué un plat de cacauets i un altre de tramussos i va omplir la primera gerra. Quan ja no m'hi cabia ni un mil·lilitre més de cervesa i els pulmons van agafar el to negre grisenc de cada dissabte, Maria Victòria em va estirar l'orella i em digué que ja estava bé. De res serviren els precs i els plors que li vaig amollar, «una partideta més i ens n'anem. Aquesta és l'última, t'ho jure». Maria Victòria es va posar ferma, un poquet més que de costum, m'agafà del braç i m'arrossegà pel carrer, fins que em deixà a casa.

Vera arribà quan devien passar uns pocs minuts de les cinc del matí. La vaig sentir perfectament, perquè encara no m'havia pogut adormir. Per dir-ho d'una manera elegant, l'estat de la xicona no era el més adequat per pilotar un avió cap a Nova York. Va assajar quatre vegades, més o menys, abans d'encertar a introduir la clau al pany. El seu caminar, lent i maldestre, la va guiar equivocadament contra les parets, en almenys un parell d'ocasions. Quan per fi pensava que havia trobat l'habitació, va encendre el llum i, per a la seua sorpresa, va topar amb mi. En veure'm gitat, amb els cabells desfets, els ulls mig aclucats i amb les celles a punt d'anunciar tempesta, va esclafir a riure.

–Ups! Crec que m'he equivocat d'habitació...

Com més m'enfadava, ella reia més i més. L'olor de maria barrejat amb els efluvis alcohòlics d'un licor indesxifrable van conquerir l'habitació. La veu llunyana d'una veïna va demanar silenci.

–Et deu paréixer bonic. Arribar a les cinc del matí i en eixe estat tan lamentable.

–Mira qui parla, l'abstemi –continuava rient.

–Jo ja no tinc solució. Però si el que vols és convertir-te en una persona vella i amargada com jo, vas pel bon camí.

–Ie, ie! No em faces xarradetes, que no ets mon pare. Només compartim pis i punt.

–Doncs mira, això té fàcil solució. Si no estàs a gust ací, demà mateix agafa les teues coses i vés-te'n.

La rialla se li tallà de colp.

–Faries bé de mesurar les paraules –vaig continuar–. No crec que estigues en condicions d'exigir-li res a ningú. I menys a mi.

Va acatxar el cap. Sé que li va faltar ben poc per agafar la maleta i fugir.

–Mira'm quan et parle, per favor. No és el típic rotllo d'«aquesta és ma casa i hauràs de viure segons les meues normes». No. Estic preocupat per tu. Molt preocupat! Em recordes massa a mi quan tenia la teua edat. Mira com he acabat, Mira'm!

La xicona alçà el cap.

–Sóc un ésser fastigós. Ho tenia tot i m'he quedat sense res. La meua família no vol saber res de mi. Fa molts anys que no tinc amics. Amics dels de veritat, no dels de fer quatre rialles al bar.

Vera va canviar la manera de mirar-me.

–Jo anava per a estrela del futbol i em vaig quedar pel camí... Vaig començar en l'equip del poble. Era el crac de Vilallonga! Després em va fitxar el Gandia. I amb vint anyets acabats de complir, el València va tocar a la porta i me'n vaig anar. El mateix Vicent Peris va arreglar el fitxatge amb mon pare... Cinc temporades, a raó d'un milió de pessetes de l'època per any! No pots ni imaginar-te el que va suposar per a un xicon de poble, com jo, fer realitat el somni de jugar amb estreles de la talla de Claramunt, Sol o Valdez... Di Stefano, el gran don Alfredo, va ser el meu entrenador! El quatre de setembre de 1971 debutàrem en lliga a València... El Lluís Casanova estava ple a rebentar, perquè aquell any hi havia molta il·lusió per revalidar el títol de lliga que s'havia guanyat la temporada anterior. Tota la família i els amics van vindre del poble. Jo havia jugat quasi tots els partits de pretemporada a un nivell més que acceptable. I justament eixe dia, el dia del meu debut oficial amb la samarreta del València... quan a penes havien passat dos minuts de joc i encara no havia tocat el baló... Eugenio Meléndez, un dels centrals de l'Espanyol, em va caçar per darrere... i va convertir el meu genoll en un maleït trencaclosques que cap metge va saber recompondre...

Se m'humitejaren els ulls.

–Aquell dia se m'acabà la vida i començà la ruïna que pots veure... Vera, em recordes massa a mi i no m'agradaria que acabares com jo... Sé que ho estàs passant malament. Que has viscut episodis terribles. Però això no és excusa. Has de deixar de llançar-te a perdre i eixir del túnel.

Vera també va començar a plorar.

–Pe... pe... però jo també sóc una desgraciada... Tot m'ix al revés... M'he criat sense pare... Ma mare... Ma mare també se'n va anar... I després... després... La tia... L'oncle...

Vera no podia ni parlar, les llàgrimes li regalimaven per les galtes, cada vegada amb més intensitat.

–Encara no ho he assimilat, míster... Hi ha dies que em desperte a mitjan nit tota suada i cagada de por... I mire aborronada per totes bandes i no em quede tranquil·la fins que m'assegure que ell no hi és... li vaig acostar un mocador–. No sé per què, de vegades m'entren unes ganes de riure que no puc controlar... I al cap de cinc minuts, també sense saber per què, les rialles s'han transformat en llàgrimes... Saps com aconseguisc oblidar-me del fill de puta del marit de ma tia? Quan estic tan borratxa que només tinc ganes de saltar, de riure o de volar... O quan em fume dos o tres canuts i tot passa lent, lent, lent...

La vaig abraçar i vaig tractar de consolar-la a la meua manera.

–Li trencaria les cames, míster... Sé que no està bé pensar-ho, però moltes vegades tanque els ulls i l'imagine en terra i jo dreta al seu costat colpejant-li les costelles amb el peu... I ell, quasi plorant, em demana perdó i em suplica, per favor, que deixe de pegar-li... La setmana passada vaig tornar al seu barri i vaig estar al costat del cotxe d'ell... Vaig agafar una llamborda i encara no sé per què no em vaig carregar el parabrisa...

–Vas fer bé, Vera, perquè això només hauria empitjorat les coses. Al cap de dos minuts, t'hauria agafat la policia. Mira –vaig dir-li seriosament–, volia dir-t'ho més avant, quan ja estiguera tot més enllestit, però crec que ha arribat el moment que ho sàpies.

Vera escoltà atentament.

–Tinc un conegut –vaig continuar–, el rabosot, li diuen alguns, uns altres, la rata pudenta, que es dedica a furgar i posar el nas allà on la majoria s'estima més no mirar. És un detectiu privat amb qui tinc relació des que vaig entrenar l'Alzira. En aquella època em passava informes de la vida nocturna dels meus jugadors. Fa uns quants dies li vaig demanar un favor, que es convertira en l'ombra del teu oncle... I pel que comença a descobrir, sembla que no és ni tan bo ni tan honorable com la gent creu. M'ha dit que en tres o quatre setmanes tindrem un informe detallat que, segurament, li interessarà molt a ta tia...

La xicona s'eixugà les llàgrimes i va somriure.

–Per tant, Vera, deixa'm el teu oncle a mi i comença a preocupar-te de tu. Torna a l'institut. Deixa de drogar-te i mira el futur amb optimisme. Ja s'ha acabat la tempesta. Ja és hora que comences a veure la vida en color.

–Gràcies, míster. Ho intentaré, t'ho promet.

–No, Vera. Com deia eixe personatge de *Star Wars*, «no ho intentes, fes-ho!».

Quan ens vam adonar estàvem abraçats i rèiem exageradament.

La veïna del quart tornà a demanar silenci.

SEGON TEMPS

1

Va passar el temps. Els carrers es van amagar sota una fina catifa de fulles grogues. El sol va agrair que els rellotges el deixaren dormir una hora més. L'endemà del pont de Tots Sants els propietaris dels pocs comerços que encara sobrevivien al barri van desempolsegar la decoració nadalenca. I quan volguérem adonar-nos-en, l'últim trimestre de l'any estava a punt d'ingressar a la planta de malalts terminals. Havien transcorregut dos mesos i mig. Dos mesos i mig en els quals la vida ens havia canviat com de la nit al dia. Pel que fa a l'equip els déus ens eren favorables. Ho vam guanyar tot i, a punt d'acabar la primera volta, la segona plaça que donava dret a jugar el campionat d'Espanya la teníem només a cinc punts. Vera em va fer cas i va reprendre els estudis. I jo vaig passar de fumar més de dos paquets de cigarrets al dia, a un poc més d'un i mig. Però, què vol? Ningú no ha parlat de miracles!

L'últim dia de classe abans de les vacances de Nadal Vera es va alçar molt nerviosa. Maria Victòria i jo estem segurs que no havia aconseguit dormir gens. Aquell matí li donaven les notes i la xicona estava tan ansiosa com un pres al corredor de la mort que espera l'indult del governador. Ella comptava que en suspendria dues o, com a molt, tres. Donava per segur que li caurien

Matemàtiques i Anglés. I no tenia molt clar si, al final, la de Valencià l'aprovaria. Vaig intentar dir-li que no es preocupara, que havia treballat molt i que segur que els professors li ho reconeixerien. Però aquell matí Vera no estava molt receptiva. Fins que li donaren el maleït butlletí de la primera avaluació havia decidit exiliar-se al seu planeta. Paciència.

Mentre arribava el veredicte, Maria Victòria i jo ens en vam anar al centre. Aquell any decidírem que ja havia arribat l'hora de desenterrar l'esperit nadalenc que feia molt de temps, massa, havíem soterrat davall de tones i tones d'amargor i de ressentiment. En aquelles dates la ciutat estrenava les millors gales i bullia d'activitat: catifes roges a les portes de les botigues, melodies nadalenques als carrers més comercials, cues a les joguteries i impaciència i nervis a la porta de l'administració de loteria de la plaça de l'ajuntament... No pot ni imaginar-se quanta gent hi havia aquell matí al Mercat Central! Vam haver de fer una hora i mitja de cua per emportar-nos una cuixa de corder, que estava a preu de caviar iranià. En les parades de la secció de pescateria hi havia colzades per emportar-se unes gambes ratllades de Dénia amb els bigots més llargs que el fuet d'un domador de lleons. Una d'elles, la més grossa i la més roja, em va fer ullets. Però, per desgràcia, l'encís es va trencar en veure el preu: 160 euros el quilo! El vi i el xampany també estaven pels núvols; per això, amb molt de pesar, vaig optar per un bric de Don Simón, l'especial, no el de cada dia, i per una botella de sidra asturiana. Amb el torró, com desconeixia les preferències de Vera, Maria Victòria em va aconsellar que en compràrem de xocolate, que no fallava mai. I just abans d'eixir decidírem invertir els cinc euros que ens havien sobrat en un parell de participacions de loteria de Nadal de l'associació de comerciants del mercat. I si tocava?

Malauradament el destí s'encarregà d'arruïnar-nos aquelles festes. Just en arribar a casa vaig trobar Judit, que m'esperava asseguda al portal, amb el cap cot i envoltada pel fum d'un cigarret que s'acabava d'encendre. Quan va alçar la mirada, no calgué ni una paraula per endevinar que alguna cosa no marxava bé. Vaig deixar les bosses de la compra en terra i em vaig agarrar ben fort a Maria Victòria.

–Míster... La... la policia... –Judit va trencar a plorar. Una mà invisible em va nugar una corda al voltant del coll. El terra, durant un parell de segons, va tremolar. Maria Victòria, a diferència del que era habitual en ella, no va poder aguantar la tensió i va caure.

–La policia? Què...

–La policia... ha... ha vingut... a... a l'institut i... i s'ha emportat... Vera... I... I... l'han duta a un... a un centre... de menors...

–A un centre de menors? Però què heu fet ara? No deveu estar clavades en res de drogues o en alguna merda pitjor?

–No, míster... Es veu que Mostatxet, el cap d'estudis, ha telefonat a la tia de Vera per felicitar-la per les notes... I és clar, la tia li ha dit que feia quasi tres mesos que no sabia res d'ella... Aleshores, com que és menor i oficialment no viu amb ningú, Mostatxet ha decidit telefonar als Serveis Socials... Se l'han emportada...

Les llàgrimes se li escaparen galtes avall, com quan la mar trenca els dics de contenció i comença a engolir la ciutat.

–Tranquil·la, Judit, vés-te'n a casa... –la vaig abraçar–. Deixa'm pensar i a veure què hi podem fer. Segur que ha sigut un malentés... Ja veuràs com aquesta nit tot se soluciona... I alegra la cara que ja estem en Nadal...

Mentre Judit se n'anava, vaig encendre un cigarret per veure si la nicotina, el quitrà i tota la resta de verins del tabac, eren capaços d'activar-me la inspiració. Però ni amb el primer. Ni amb el segon. Ni amb el quart. Ni amb el cinqué. Ni amb el sisé...

L'advocada Empar Torres tenia el despatx al principi de l'avinguda de l'Arxiduc Carles, just en la intersecció amb el carrer de Tres Forques i a dos semàfors del parc de l'Oest. Ella i el seu soci, l'economista Albert Palencia, dirigien una assessoria que, majoritàriament, s'encarregava de qüestions econòmiques; tot i que no deixaven de banda encàrrecs d'una altra natura jurídica. Qualsevol persona en la meua situació, no s'ho hauria pensat dues vegades i els hauria telefonat immediatament. Però hi havia un xicotet inconvenient. Resulta que feia uns quants anys la senyora Torres i jo havíem mantingut una apassionada relació sentimental, ja m'entén. I, per dir-ho finament, després d'un temps de convivència ens vam adonar que les nostres perspectives vitals no acabaven d'acoblar-se. No vull avorrir-lo amb detalls; però he d'admetre que quan vam trencar, no em vaig portar, exactament, com un autèntic cavaller. Per això vaig tractar de pensar en algun pla alternatiu, per no haver de recórrer a ella.

Per desgràcia, ni Maria Victòria ni jo vam ser capaços de posar en marxa cap pla B i a les sis i mitja, sense demanar cita, ens vam presentar a l'assessoria. Per tractar de suavitzar el retrobament, abans de pujar vaig comprar una capsa roja de bombons d'eixes que ixen a la tele i un ram de margarides grogues, ja que aquella setmana les roses cotitzaven dos o tres punts per damunt de l'unça d'or.

Al voltant de les set, la secretària de l'assessoria ens va fer entrar al despatx. Empar teclejava a l'ordinador darrere de desenes de dossiers i d'incomptables carpetes. Ja havien passat vora deu anys, però la vaig trobar pràcticament igual: la mateixa cara redona... Els mateixos ulls blaus que em van enamorar... Aquella melena rossa... Eixe escot que invocava al pecat... Semblava que havia signat un pacte amb el diable...

–Bona vesprada, senyor... –va dir-me mentre m'indicava que seguera–. En què puc aju... dar-lo... –aleshores em va reconéixer. El bolígraf que duia a la mà dreta li va caure. L'altra mà, inconscientment, se li'n va anar al telèfon, com si volguera cridar al departament de seguretat que tenen tots els bufets d'advocats de les pel·lícules–. Es pot saber què cony fas ací?

–Tranquil·la, Empar, vinc en to de pau... Pren, açò és per a tu –li vaig allargar les flors i els bombons.

–És que ja no te'n recordes que tinc al·lèrgia al pol·len? Tira-les! I amb els bombons pots fer el mateix. No vull res de tu. Vés-te'n, fes el favor.

–D'acord... D'acord... Sabia que no seria ben rebut... No et vaig tractar com mereixies... Ho reconec... Et demane mil perdons... Però estic desesperat. No sé a qui acudir... Necessite la teua ajuda...

–La meua ajuda? Perds el temps, Àngel. Per mi, com si et queden dos mesos de vida. Els fills de puta com tu no es mereixen res de ningú.

Empar agafà el telèfon i va prémer la tecla de l'intercomunicador:

–Encarna –digué a la secretària–, si d'ací a dos minuts l'home que acaba d'entrar al meu despatx no ha eixit, per favor, telefona a la policia.

L'advocada tornà a assenyalar-me la porta del despatx.

–Sí, ho admet, he sigut un desgraciat, un mal nascut, la merda més gran de tot el planeta! Però, per favor, escolta'm... No et demane res per a mi... És per a aquesta xiqueta –li vaig deixar damunt de la taula una foto de Vera vestida amb la samarreta de l'equip.

–Vaja, ja veig que cada vegada te les busques més joves –ironitzà l'advocada–. D'acord. T'escolte. Tens un minut.

–Li diuen Vera, és la millor jugadora de l'equip que entrene ara. No té ni pare ni mare. No ha tingut la vida gens fàcil. I, a més, té una extraordinària facilitat per clavar-se en tot tipus d'embolics. Fins fa dos mesos vivia amb sa tia, però la va tirar al carrer. I jo, per llàstima, la vaig acollir. Al principi la convivència va ser molt difícil... Però ens hem acoblat perfectament... La xiqueta és una altra: es pren seriosament els estudis, s'ho deixa tot en el terreny de joc i, fins i tot, m'està reorganitzant la vida... Llavors, hui, com és menor d'edat i no consta en cap paper que ningú es fa càrrec d'ella, la policia se l'ha emportada a un centre de menors... Per això, he acudit a tu. Ets l'única persona que ens pot ajudar...

Aleshores s'obrí la porta i entrà la secretària.

–Senyora Torres, telefone a la policia?

–No, Encarna, no és necessari, el senyor Sabater ja se'n va.

–Però, ens ajudaràs, Empar? Et pagaré el que em demanes... No tinc ningú més a qui acudir... Per favor...

–Per desgràcia, senyor Sabater, cadascú en la vida té el que es mereix. Ha passat el seu minut. Ha sigut un plaer enorme tornar a veure'l després de tant de temps. Li desitge que passe un molt bon Nadal. Bona vesprada.

Encara no eren les nou, quan Vera decidí gitar-se. No va voler ni tocar el sopar. Fam? Qui podia tindre fam en aquell lloc? Mostatxet, el rebordonit de Mostatxet li l'havia tornada a jugar. Què es podia esperar d'un home el principal objectiu del qual era fer-li la mà a tothom. Es podia tindre pitjor sort? Allí passaria el Nadal. Entre quatre parets. Entre quatre parets i torturada pels pensaments: «Era qüestió de temps... Més tard o més prompte hauria acabat ací... Ho porte a la sang... Sóc una desgraciada... Ara, que qualsevol dia faig una bogeria i me'n vaig amb ma mare... Merda de vida...».

Havia arribat poc després de les quatre. Abans d'ingressar al mòdul que li corresponia, la van regirar de dalt a baix i la van fer passar pel detector de metalls. Una vegada dins, una educadora es va fer càrrec d'ella. La va conduir per un passadís llarg i estret fins a la seua habitació. Allí li explicà punt per punt les normes de funcionament del centre, sense deixar-la ni piular. Vera es va llevar la roba i es va posar el xandall i les sabatilles que l'educadora li acabava de deixar damunt del llit. Després, abatuda com la mare que no té altre remei que separar-se dels fills, va dipositar dins d'una capsa retolada amb el seu nom: el mòbil, la cartera, l'encenedor, les claus de casa i, fins i tot, el pírcing. «Si et portes bé», li va comentar l'educadora abans d'anar-se'n, «a poc a poc guanyaràs punts i podràs anar recuperant-ho. Jo, si fóra tu, compliria les normes».

Angoixada pel silenci de l'habitació, Vera estirà fort el llençol i la manta i es cobrí el cap, com quan de xiquets tenim por i pensem que ben amagats dins del llit ens escaparem de les urpes de qualsevol monstre, per gros i pelut que siga. Quan pensà que ja s'havia construït la millor fortalesa per protegir-se de monstres i de dimonis, trencà a plorar amb la desesperació de qui creu que l'endemà no arribarà un nou dia. Entre plor i plor obria els ulls amb l'esperança que tot el que havia viscut aquell dia no fóra més que un somni; un terrible malson del qual despertaria en qualsevol moment. Però per molt que es pessigà i s'estirà els cabells, Vera no va tindre altre remei que assumir que d'aquell malson tardaria moltes nits a despertar-se.

De sobte, algú va encendre el llum.

–Tu, la nova, si vols que ens duguem bé, deixa ja el drama que tampoc hi ha per a tant!

La propietària de la veu era una altra interna. Pel que em va contar Vera, era una xicona més aïna alta. Tenia els cabells curts, no tant com ella, la mirada dura, un nas amb molta personalitat, com diria un manual d'eufemismes, i una cicatriu aborronadora que li recorria la galta esquerra en diagonal. Quan la va veure entrar a l'habitació amb la seguretat de qui coneix aquell lloc com si fóra sa casa, Vera es va estremir. La xicona ho notà i deixà escapar una rialla.

–Tranqui, puceta, que no em menge ningú. Ací ja estem prou putejades com perquè ens compliquem més la vida, no? Bé, jo sóc Lola, m'han encarregat que et vigile durant la primera setmana. Per tant, serem companyes d'habitació. Com et diuen?

Vera allargà tímidament la mà des del llit, encara sense atrevir-se a llevar-se els llençols.

–Vera...

–I què fas ací, Vera, a qui has matat? –quan veié la cara de Vera tornà a riure, sorollosament.

–No, no tens cara d'haver-te carregat ningú –va continuar Lola–. És la primera vegada, no? Se't nota a la cara. Jo també vaig tindre una primera vegada. També, com tu, estava cagada de por i pensava que en qualsevol moment entraria per la porta jo què sé qui, i em pegaria una pallissa... Però, tranquil·la, això només passa a les pel·lícules. No estem tan malament, ja t'hi acostumaràs.

Vera assentia en silenci i mirava la seua companya amb una barreja de por i d'admiració.

–Veuràs com prompte aquest lloc ja no et sembla tan terrible. I per la penya no et ratlles. No t'enganyaré, ací n'hi ha de tot: lladres, camelles, putes i alguna psicòpata. Però tu vés a la teua i ningú es clavarà amb tu. Demà, quan ens traguen a desdejunar, no et separes de mi i et presentaré la gent.

I Vera, per primera vegada en aquell dia, va somriure.

Devien ser les deu o les deu i mitja quan em va sonar el telèfon. Una veu esgarrifadora, com sorgida des del fons d'una caverna, em va desvetlar.

–Àngel, sóc Rabosot. Disculpa que et telefone a aquestes hores, però tinc un material que estic convençut que t'agradarà.

–Sóc tot orelles, Rabosot.

–M'acaben d'arribar unes fotografies molt interessants del sopar de Nadal d'empresa del personatge que m'encarregares investigar. Com em pensava, no és només amistat el que l'uneix amb una de les seues companyes de treball. No pots ni imaginar-te quanta passió transmeten les fotos...

–Doncs, ja saps què has de fer.

–Tranquil, la faena ja està avançada. Acabe d'aparcar al costat de sa casa. En dos minuts la dona coneixerà, realment, les aficions sexuals d'aquest personatge.

–Gràcies, Rabosot, te'n dec una.

Vaig penjar. Em vaig encendre un cigarret. I, en silenci, vaig gaudir amb l'amargor del sabor de la venjança.

2

La nit va ser llarga. Molt llarga. No vaig dormir més de cinc minuts seguits. I Maria Victòria, tampoc, li ho assegure. Cada vegada que tancava els ulls se m'apareixia Vera. Vera somrient. Vera darrere del baló. Vera fent-me rabiar amb alguna de les seues bromes... Aquella xicona havia obrat en mi la mateixa transformació que experimentà l'home de llauna després de visitar el Mag d'Oz. Així de clar, senyor Castany. Per desgràcia, feia vint-i-quatre hores que aquella felicitat se'ns havia esvaït com un terròs de sucre en la immensitat d'un café amb llet.

A les set i mitja del matí, cansat de rodar com un somnàmbul entre els llençols, vaig encendre la ràdio. «Bon dia, València. Hui és 22 de desembre», començà la locutora, «un dels dies més esperats de tot l'any. En a penes una hora i mitja començarà el sorteig extraordinari de la loteria de Nadal. Si habitualment aquest és el sorteig en què més diners ens juguem els espanyols, enguany, per culpa de la crisi, la gent ha comprat un deu per cent més de loteria que altres anys...».

De sobte, una espècie de terratrèmol va provocar que la ràdio se m'escapara de les mans i caiguera en terra destrossada en quatre o cinc trossos.

Toc, toc, toc! Toc, toc, toc! Toc, toc, toc!

Algú tocava la porta amb tal violència que, per un moment, em va vindre a la memòria el goril·la que s'encarregava dels afers extraoficials del carnisser.

–Obri, Àngel, sé que estàs dins! M'ho ha dit la veïna del tercer...

Era una veu femenina. No li diré que allò em va tranquil·litzar per complet; però, almenys, vaig arribar a la conclusió que si obria la porta, no em rebrien amb una bastonada enmig del crani. Amb l'ajuda de Maria Victòria vaig agafar el batí, me'l vaig nugar de la millor manera que vaig poder. I a poc a poc ens dirigírem cap a l'entrada.

Toc, toc, toc! Toc, toc, toc! Toc, toc, toc!

–Vinga, Àngel, vols fer el favor d'obrir!

–Ja vaaa! Ja vaaa! No li pegue tan fort, que la tombarà! Ja vaaaig!

A mesura que m'acostava cap a la porta, la veu anava fent-se'm molt familiar, però no l'acabava de reconéixer. Llavors, quan vaig obrir, es va desxifrar l'enigma. Es tractava d'Empar, l'advocada. Anava vestida impecablement amb un conjunt de jaqueta i pantalons. Els cabells ben fets, com si acabara d'eixir de la perruqueria. I els llavis pintats d'un color que li llevava anys i que, a més, li aportava un important grau de serenitat. Duia l'agenda davall del braç i el mòbil apegat a l'orella.

–Bon dia, Àngel... Encara no sé què collons faig ací i espere no haver de penedir-me'n.

Silenci. Encreuament de mirades.

–Vull que et quede clar –va continuar– que per a mi ets la persona més fastigosa del món. Pitjor encara que una rata o que la merda d'un gos. Després del que em vas fer et mereixies que algú t'haguera pegat un tir. O que et trobaren penjat en algun arbre del riu...

–Empar, jo...

–Deixa'm acabar! T'ho vaig donar tot! La joventut! L'amor! Els diners! I em vas deixar sense res. Saps que encara hi ha nits que em desperte amb taquicàrdies per culpa teua? Saps quants diners m'he gastat en antidepressius en aquests anys? I ara véns al despatx amb cara de no haver trencat mai un plat, amb un ram de flors coentes i una capsa de bombons caducats i se suposa que ho he d'oblidar tot, perdonar-te i ajudar-te? Doncs, no. No he oblidat res i no crec que et puga perdonar mai... Però, tranquil, no vull fer-te llàstima, no em veuràs vessar ni una sola llàgrima més.

Empar tenia una mirada glacial que em va provocar un calfred.

–Havia decidit que no t'ajudaria. Però només anar-te'n, va vindre al despatx un dels meus clients, Àlvar Luz. Ell s'encarrega d'una associació que treballa per la integració i l'educació de menors amb problemes, com Vera. En veure la fotografia que em vas deixar a la taula, em preguntà per ella. Jo li vaig contar la vostra història. I li vaig dir que m'havia negat a ajudar-te; perquè no et vaig creure. Àlvar tirà mà de l'agenda i va aconseguir posar-se en contacte amb el cap d'estudis de l'institut, que li va confirmar punt per punt la història que m'havies contat. Llavors, em va demanar que recapacitara i que vos ajudara... I ací sóc.

No sabria dir-li a ciència certa qui es va emocionar més, si Maria Victòria o jo.

–Ara, t'ajudaré amb una condició...

–El que vulgues, Empar, el que vulgues! Per mi com si vols que done el cos a la ciència...

–Tranquil, tractarem d'evitar eixe patiment als futurs estudiants de medicina; serà més fàcil. Àlvar m'ha comentat que busquen un entrenador de futbol per organitzar un campus aquest estiu. Què em dius?

–Sí, sí, és clar que sí! Sense problemes!

–Doncs, vinga. Canvia't que aquest matí tenim molta faena. T'avise que no serà gens fàcil aconseguir la tutela de Vera. Hem de convéncer el jutge i el fiscal de menors que realment ets una bona influència per a ella. I si ara mateix jo haguera de prendre la decisió, te la denegaria. Per l'amor de Déu, Àngel! Quant de temps fa que no has passat per la perruqueria? I la roba? Que ja no tens llavadora? I ta casa? Des d'ací note la pudor de tabac i alcohol... Imagina que demà et fan una inspecció...

La vergonya em va impedir alçar el cap. Maria Victòria assentia en silenci.

–Anem a fer açò: d'ací a una hora t'esperen a la perruqueria del carrer de Xiva. Quan t'afaiten, et tallen els cabells i et posen un litre d'aigua de colònia, aniràs a la botiga del meu amic Cento a renovar-te el vestuari. Ja s'ha acabat això d'anar en xandall a tothora. I ja parlarem del tabac i de les visites al bar...

–Però...

–Protesta denegada! Ja saps què has de fer! Mentrestant, jo me n'aniré al jutjat de guàrdia a iniciar els tràmits de la tutela... Les qüestions que afecten els menors d'edat les solen resoldre prompte. Però, per les dates en què som, supose que fins després de reis, no es mourà l'assumpte. Una cosa més –em digué Empar tota seriosa–. Dóna'm les claus del pis.

–Les claus de ma casa? Per a què?

–Acabe de quedar amb la meua assistenta perquè te la deixe més brillant que el palau de Buckingham.

Començà, per tant, la meua operació de canvi d'imatge.

Encara no havia eixit el sol quan va sonar el despertador al centre de menors. Només havia passat una nit i Vera ja se sentia com Edmond Dantés, el protagonista d'*El comte de Montecristo.*

–Vinga, xoneta, més val que ens afanyem –Lola ja feia uns minuts que estava preparada–. A les cuidadores no els agrada que ens retardem ni un sol segon. I si no em fallen els comptes, hui hi ha la filla de puta eixa de Carme. Saps com li diem? La Sangonera, perquè és tan rabuda que seria capaç de xuplar-te fins a l'última gota de sang.

Per sort, els càlculs de Lola fallaren i en comptes de trobar-se amb aquella terrible vampiressa amb els cabells blancs, el rostre pàl·lid i els ulls rojos –com se l'havia imaginada Vera–, les cuidadores que aquell matí hi havia de servei eren Loles, la Ullets –pel blau espectacular dels seus ulls– i Sònia, la Sergent –que tot i ser molt dura i estricta, no li arribava ni a la sola de la sabata a la Sangonera.

Com em comentà Vera, tot i que ella i la seua companya havien arribat les últimes, quan les veieren aplegar, les que ocupaven les cadires on habitualment seien Lola i alguna de les seues protegides, s'alçaren sense piular. Mentre buscaven una altra ubicació, Lola els va llançar una mirada amenaçadora. Vera va sentir com l'estómac se li encollia.

Encara no havien pres seient quan Vera s'adonà que hi havia una interna que estava asseguda al marge de totes, arraconada a la punta de la taula. Lola ho advertí i li comentà a cau d'orella:

–Ni t'acostes a eixa polleta. És una cabrona. Va vindre fa un mes i mig i va tindre el gran atreviment de no voler alçar-se de la meua cadira. A mi em van castigar dues setmanes, però ella va aprendre com funcionen les coses ací dins.

Vera tancà els ulls i recordà les seues incursions per la banda, la manera en què li agradava deixar assegudes les defenses rivals, els gols, l'olor de gespa mullada i el contacte amb els balons acabats d'inflar. Quan els obrí, descobrí que algú li havia furtat una de les dues magdalenes que tenia per desdejunar.

Els germans Paco i Fernando Muñoz regentaven l'única perruqueria masculina que hi havia al barri. De dones n'hi havia tres o quatre, no massa grans, però totes amb clientela fixa. Quan vaig arribar-hi, em convidaren a seure, molt amablement. Mentre Fernando em posava la bata, Paco s'acariciava la barbeta i m'observava amb el rostre ple de dubtes, com quan un cirurgià es disposa a afrontar una operació a vida o mort. Tic-tac, tic-tac, tic-tac... Passaven els segons i cap dels dos es decidia a obrir les tisores.

–Bé... –Paco s'acariciava la barbeta cada vegada amb més força–. El tema de l'afaitat està clar... Però no acabe de veure quin tall de cabells podem fer-li... que li quede, mínimament, bé.

–Jo no em complicaria la vida, Paco –Fernando començava a estirar-se els llavis suaument–. Li podem fer un tall natural, ben igualadet... i que siga el que déu vulga...

–Colló! –vaig protestar–. Ni que estiguéreu a punt de tallar-li els cabells al monstre del llac Ness.

–Home, perquè vosté no és verd... –respongué Paco.

–Toca't els collons! –ja estava bé d'humiliar el personal–. Ni que vosaltres fóreu Tom Cruise i Brad Pitt.

Els germans s'allunyaren i quan pensaven que no els podia veure (ai, que traïdors que són els espills), un d'ells, no recorde ben bé qui, va traure una moneda i la va llançar a l'aire. L'atzar volgué que fóra Fernando l'encarregat de posar un poc de trellat en la meua imatge personal. Una hora, deu minuts i uns quants segons més tard, el perruquer em llevà la bata i em presentà al galant que reflectia l'espill. Maria Victòria, en veure el resultat del treball d'aquell home, em digué, entre rialles, que m'havien tret de damunt dos o tres mesos.

L'advocada va arribar al centre de menors al mateix temps que un home disfressat del pare Noel. Un pare Noel amb la roba roja, barba blanca i mirada grisa, que tractava de dissimular que havia aprés a somriure aquella mateixa vesprada. Com li contaren després, es tractava del pare d'una de les internes, que acabava d'aconseguir un contracte de dues setmanes en un centre comercial de València. Després de passar per l'escàner, Empar va seure en una cadira no massa còmoda, fins que la van conduir a la sala de visites, on l'esperava Vera.

–Té deu minuts –li va recordar la vigilant.

La xicona, segons que em va contar Empar, a penes li va prestar atenció quan hi arribà. Cantussejava una cançoneta i colpejava les potes de la taula amb els peus, sense alçar el rostre.

–Bona vesprada, Vera. Sóc Empar Torres, la teua advocada.

–Vosté, advocada? Té més pinta de professora de Matemàtiques...

–No, no sóc professora de Matemàtiques; però les controle molt bé. Si no t'interessa que parlem del teu cas, podem practicar equacions i arrels quadrades.

–Pssst! –Vera continuava en el seu món.

–Escolta'm, tot i que a tu t'importe un rave, el mínim que podries fer és mirar-me a la cara. Sóc ací perquè Àngel Sabater, el teu entrenador, m'ha dit que demane la teua tutela. Però si no t'interessa, res. Que passes un bon Nadal i que tingues sort en la vida.

Vera va alçar el cap. De sobte, se li il·luminaren els ulls.

–El míster? T'envia el míster?

–Sí. Hui mateix he presentat una demanda en el seu nom, per sol·licitar la teua tutela. El procés és molt complicat, per això voldria saber si hi estàs d'acord, per no perdre el temps.

–Sí, sí, és clar que sí! –Vera va començar a emocionar-se.

–Doncs bé, Àngel m'ha demanat que et diga que estigues tranquil·la i que tot eixirà bé. Que ja veuràs com d'ací a no res ja seràs a casa amb ell.

Les llàgrimes entraren a escena.

–Done-li les gràcies... I diga-li que el trobe molt a faltar i que... i que...

–Farem una cosa encara millor, vols que li gravem un vídeo amb el mòbil i així li ho contes tu?

Vera va assentir, mentre s'eixugava les llàgrimes amb un mocador de paper que li havia acostat Empar. L'advocada va traure el mòbil i gravaren un missatge de trenta-tres segons, que cada vegada que el recorde, ni Maria Victòria ni jo podem evitar posar-nos a plorar com xiquets. Aquell any la grossa va tocar ben lluny de València, però li puc assegurar, senyor Castany, que aquell vídeo em va fer més feliç que si m'hagueren tocat dos milions d'euros.

3

La vesprada de l'11 de gener, el dia anterior a la celebració de la vista, Vera va rebre una visita. La xicona va eixir de l'habitació molt animada perquè, segons que em va contar, estava convençuda que en arribar a la sala de visites ens trobaria a mi i a Maria Victòria. Però, com descobrí en arribar-hi, no podia estar més equivocada. Es tractava de sa tia.

–Vera, filla meua, vine que t'abrace...

Duia els cabells desfets i la cara sense maquillar, a diferència del que era habitual en ella. Vestia de color fosc, com si eixira d'un vetlatori. A través de les ulleres s'intuïen uns ulls envermellits i inflats, símptoma inequívoc que feia déu sap quantes hores que no havia deixat de plorar. Obrí els braços per abraçar-la, però Vera no es va moure ni un centímetre de la porta de la sala de visites. El rostre de sa tia a punt de trencar a plorar la va traslladar unes setmanes arrere i va reviure el moment en què l'oncle li va posar les mans damunt i tot el que, per desgràcia, succeí després...

–No vols besar la tia? Ho comprenc, xiqueta, no et culpe... Jo, segurament, sentiria el mateix que tu... Però, què vols que et diga? Estava completament equivocada... Ens havia enganyat a tots... Ara ja sé que és un monstre... Perdona'm, Vera, perdona'm...

Entre llàgrimes, la tia li va contar que feia uns dies un desconegut li havia deixat un sobre dins del qual hi havia unes fotografies terribles. Unes fotografies en les quals apareixia el seu marit en actitud més que afectuosa amb una companya de la faena.

–L'he tirat de casa... –continuà la tia–. Ell, agenollat, em demanava perdó, que estava borratxo, que no ho tornaria a fer, que havia sigut un error... Però, una vegada més, faltava a la veritat. Pel que he sabut aquesta setmana, feia més d'un any que estaven embolicats... I, a més... –Carme va haver d'esforçar-se per acabar la frase–. A més... No ha sigut la primera... Ni la segona... Ni la tercera... I damunt, va intentar aprofitar-se de tu, xiqueta meua... Com he pogut estar tan cega... Vine-te'n amb mi... Torna a casa i comencem de nou...

Carme intentà abraçar-la, però Vera se la va espolsar d'una manotada i, amb una mirada plena d'odi que, fins i tot, degué provocar algun calfred en sa tia, li va respondre:

–No em vas deixar ni explicar-me... –Vera intentà que no caigueren les llàgrimes, però va ser inútil–. Em tirares de casa, pocs segons després que el teu home intentara abusar de mi... Si m'hagueres mirat a la cara, t'hauries adonat del terror que reflectien els meus ulls... Terror pel que el cabró del teu marit havia estat a punt de fer-me... Però tu vas preferir tapar-te els ulls i creure el que t'interessava creure... Deixa'm en pau i no tornes a molestar-me mai més... Almenys hui ja dormiré tranquil·la, perquè sé que tu, que la imbècil de la teua filla i que el cabró del teu marit ja heu tastat la merda. Ja era hora que se vos trencara el món rosa irreal on vivíeu.

Vera pegà mitja volta, se n'anà corrent i no va parar de córrer fins que es tancà a l'habitació i es colgà sota els llençols, on ja no va poder contindre la ràbia. Lola, en veure els plors de Vera, s'acostà, li acaricià els cabells i tractà de consolar-la:

–Plora, xoneta, plora i no et guardes cap llàgrima. Ja veuràs com demà tornaràs a riure.

–Estàs segura, Lola? Creus que tot eixirà bé?

–Ja ho crec... Demà a aquesta hora ja seràs a casa amb el teu iaio...

Amb la complicitat d'aquells moments, Lola i Vera apagaren el llum i s'acomiadaren fins l'endemà. El dia en què tots els nostres malsons podrien acabar o espitjar-nos cap al pou.

Com que crec que ja li he contat en algun punt d'aquesta narració, els espills i jo feia unes quantes dècades que havíem trencat qualsevol tipus de relació diplomàtica. Ni jo els alegrava el dia amb cap somriure, ni ells eren capaços d'oferir-me res que m'interessara mínimament. Però en tota relació sempre hi ha un punt d'inflexió i entre el meu espill i jo es va produir el dia de la vista. Empar Torres m'havia insistit la nit anterior tres o quatre vegades que una bona imatge era un terç de la demanda al nostre favor. Fins i tot s'oferí a ajudar-me a arreglar-me; però li ho vaig llevar del cap, «no et preocupes, demà quan vingues a buscar-me, estaré mudat i remudat, com si fóra el dia de la meua primera comunió». L'advocada no se n'anà molt convençuda, però degué pensar que sempre podria demanar un recés de cinc minuts per donar-me els últims retocs abans d'entrar a la sala número 1 del jutjat de menors de València. És molt probable que des de la nit que vaig debutar amb el València al Lluís Casanova, no havia passat tant de temps davant d'un espill mai. Em sentia com la madrastra de Blancaneu... «Quina jaqueta t'agrada més, Maria Victòria, la grisa o la blava?». «I si em posara la negra? No, ja sé que no anem d'enterro...» «I la corbata?» «Podries ajudar-me...» «I tu, espillet, ratlla a l'esquerra o a la dreta?» Quan Maria Victòria m'acabà d'ajudar a nugar-me les sabates i l'espill encreuava els dits abans de dir-me que «no hi havia en tot el regne un home més trempat que jo», el rellotge marcà les huit i quart i el timbre del carrer va sonar.

La Ciutat de la Justícia de València és com un terrorífic monstre marí amb una fam insaciable, que quan obri la boca no deixa d'engolir persones fins que el sol arriba a la meitat del seu recorregut diari. Mentre eixe monstre et mossega i et llança als intestins, tu esperes que sone la sintonia de *La llei de Los Ángeles* o la de *Perry Mason* per fer més lleugera la digestió. Però, almenys aquell matí, quan Maria Victòria, Empar i jo entràrem, l'única banda sonora que vam escoltar van ser les petjades de la gent amunt i avall, paraules que fugien dels rogles d'advocats i clients i algun bip de l'escàner del control d'entrada. Togues negres, uniformes verds, panells informatius i corredors que pugen i que baixen: tot un laberint si és la primera vegada que hi entres. I quin mal de panxa. I com em bategava el cor. Que no em podrien deixar fumar un cigarret? Un de molt xicotet, si ningú no dirà res...

–Bé, arribem a la fi del camí –digué Empar mentre caminàvem cap a la sala on se celebraria la vista–. Fes el favor d'estar tranquil. Hem fet tot el que calia. Ara ja no depén de nosaltres. En mitja hora tot s'haurà aclarit. En un sentit o en un altre.

A mi no m'enganyava i a Maria Victòria tampoc. Es notava que l'advocada també estava nerviosa. Feia més de tres quarts que rosegava un xiclet, amb una desgana evident, i des que havíem entrat als jutjats no havia deixat de posar i llevar la tapa del bolígraf que duia entre els dits de la mà dreta. El fet que l'advocada no estiguera tranquil·la, a Maria Victòria no li va agradar en absolut.

A la porta del jutjat de menors ens trobàrem amb Judit i amb les xicones de l'equip. Totes estaven ansioses perquè acabara aquell malson. Al cap de pocs minuts hi arribà Mostatxet, amb els cabells engominats, el bigot ben perfilat i la corbata de la sort, com em va confessar després del «bon dia» i el «que difícil que és orientar-se en aquest lloc». Encara encaixàvem les mans, quan algú, crec recordar que va ser Judit, va cridar:

–Mireu, és Vera! –en efecte, la nostra Vera acabava d'arribar acompanyada, pel que vaig deduir, per una de les educadores del centre de menors.

En distingir el seu metre seixanta, els cabells en punta i les calaveres d'una samarreta que li havia regalat poc abans de Nadal, totes les xiques se li tiraren damunt i començaren a corejar-ne el nom. Maria Victòria i jo, que ens movíem a una velocitat sensiblement inferior, tardàrem uns quants segons més. Entre besades i abraçades, algú es posà a cridar: «Aquest partit, el guanyarem» i tots, de seguida, ens hi vam unir. El policia que custodiava el jutjat, poc acostumat a aquelles manifestacions, ens cridà a l'ordre. Però com que no l'escoltàrem o no vam voler fer-li cas, se n'anà i tornà amb el jutge. Aquest, un homenet tot pell i ossos embolcallat dins d'una minúscula toga negra que li conferia un aspecte fantasmal, així que va mirar-nos ens posà ferms.

–Senyores i senyors, facen el favor d'entrar i de seure al més ordenadament possible. Els recorde que dins del tribunal hauran de mantindre un silenci absolut o, per contra, m'obligaran a desallotjar la sala i ajornar la vista fins d'ací un mes o dos. Entesos?

Ningú no s'atreví ni a respirar. Tots miràrem cap a l'advocada i quan alçà les celles i assenyalà la porta amb el cap, tots hi entràrem. Darrere de nosaltres accedí un home d'uns quaranta-cinc anys, molt ben vestit, amb una cartera de cuiro davall del braç. Es tractava del fiscal de menors, com em comentà Empar en prendre cadira. Aquest home va seure a la taula més propera a la del jutge, que ocupava la part central de la sala. Pel rostre, molt seriós, i pel grossor de l'informe que va traure de la cartera, va deixar ben clar que no ens ho pensava posar gens fàcil.

–Té la paraula el senyor fiscal de menors –va indicar el jutge després d'un colp de martell.

–Senyoria, Vera Messeguer Escrivà és una jove que ho ha tingut molt difícil des que va arribar a aquest món. Sense entrar massa en detalls, podem dir que es va criar amb sa mare, que recentment ha faltat, i que després d'un temps vivint amb sa tia, aquesta va renunciar a la tutela, per raons que ara no correspon explicar, però que hem citat en el nostre informe.

«Bé comencem, Maria Victòria», vaig pensar.

–Aquesta xicona necessita tot el nostre suport, perquè puga obrir-se camí en la vida –continuà el fiscal–. Per aquest motiu, com es desprén de l'informe que hem elaborat, estem absolutament en contra que el demandant, Àngel Sabater Rodríguez assumisca la tutela de Vera Messeguer Escrivà. El senyor Sabater Rodríguez a penes té ingressos, tret d'una pensió mínima per la discapacitat que arrossega des de l'any 1972. Per una altra banda, si consultem el seu historial judicial trobarem multitud de denúncies. Una desena per part de la seua exdona, per no abonar la pensió mensual de manutenció de la filla que tenen en comú.

Ha sentit mai la frase «voldria fondre'm»? Quina vergonya vaig sentir. No em vaig atrevir a alçar el cap de terra.

–I si vol, puc resumir-li unes quantes dades, també molt interessants, tretes de la seua fitxa de trànsit –no hi havia dubte, el fiscal volia enterrar-me aquell mateix dia–. Només l'any 1990 podem comptar deu multes, quatre per excés de velocitat, quatre per aparcar en llocs inadequats, una per conduir sota els efectes de l'alcohol i una altra per conduir sense cap assegurança. A més a més, hem pogut constatar que el seu nom ha aparegut unes quantes vegades en llistes de morosos. En conseqüència, sol·licitem al tribunal que desestime la demanda.

Segons de silenci. Notava la pressió dels ulls de totes les persones que hi havia a la sala colpejant-me l'esquena, amb intencions no massa bones.

–És el torn de la part demandant. Té la paraula, lletrada.

–Gràcies, senyoria –Empar s'alçà i després d'aclarir-se la gola començà l'al·legat–. La veritat és que coincidim plenament amb l'informe de la fiscalia.

Nyas! Punyalada per l'esquena...

–És cert que el senyor Sabater –continuà l'advocada– durant molts anys ha sigut qualsevol cosa, tret d'un model de bona conducta. Però, per fortuna, les persones canvien. I li puc assegurar que el meu client ha canviat.

Uf, quina manera de patir. Maleïda llei antitabac...

–I no només això –continuà Empar–. El canvi del senyor Sabater ha fet possible que Vera Messeguer eixira del pou. En la nostra demanda aportem nombrosos testimonis que ho certifiquen: amigues, jugadores de l'equip de futbol on juga, companyes de classe... Si em permet, llegiré part del testimoni d'Adolf Revert Giner, el cap d'estudis de l'institut de Vera, que considere que té molt de valor: «Des de mitjan octubre fins al final del primer trimestre del curs, hem pogut apreciar un canvi d'actitud en l'alumna Vera Messeguer Escrivà. Fins eixe moment, Messeguer era una alumna absentista, irresponsable i problemàtica. Des que el senyor Sabater l'ha acollida, és una persona nova i si continua en la línia que ha mostrat en la part final del trimestre, segur que aconsegueix promocionar al curs següent». En definitiva, pensem que la convivència del meu representat i de la menor Messeguer ha sigut molt positiva, en especial, per a ella.

Tímids aplaudiments. Mirada gèlida del jutge. Silenci. Per què em molestava tant el nuc de la corbata?

–Reconec que la solució no és senzilla –digué el jutge–. Per això, abans de decidir en un sentit o en un altre, m'agradaria escoltar la menor Messeguer Escrivà. Pot alçar-se, per favor?

Vera s'alçà i quan el jutge li va preguntar, ella, amb una veueta tremolosa, plena d'emoció, va respondre:

–La resposta és molt fàcil: és clar que m'agradaria que el míster tinguera la meua tutela. És una persona que s'ha preocupat per mi. Que m'ha donat un colp de mà quan m'he quedat sense res. Que cada dia, a la seua manera, m'ha demostrat la seua estima... Veu vosté la samarreta que duc? Què pot haver-li costat, deu, dotze euros? Me la va regalar el míster i per a mi té més valor que qualsevol diamant...

Les llàgrimes. És clar que havien d'aparéixer.

–Vosté no pot imaginar-se tot el que he vist i tot el que he patit en els quasi 16 anys que tinc... I puc assegurar-li que, fins que vaig conéixer el míster, no havia sigut tan feliç mai.

Fins i tot Mostatxet va demanar un mocador. El jutge va tancar el dossier.

–D'acord –digué–. Si tenim en compte la documentació aportada pel fiscal, que no hem d'oblidar que té com a finalitat principal garantir el benestar de la menor, el tribunal no considera que siga adequat estimar favorablement la demanda del senyor Sabater...

Aquelles paraules sonaren com un tret en mig del carrer d'un dels xicotets poblats que apareixien a les pel·lícules de l'oest de John Ford. Un tret que, quan em vaig adonar, m'havia traspassat el pit i la sang, a poc a poc, anava escampant el roig per la camisa. Sonaren, llavors, les notes esgarrifadores d'una harmònica. Una ràfega de vent s'emportà una bola de palla cap a un altre carrer. I el xèrif, en aquest cas el senyor jutge, tornà a desenfundar:

–Ara bé, també seria injust no tindre en compte l'evolució positiva que ha experimentat la menor en els últims mesos. Per tant...

Dos voltors assedegats de sang i budells s'afegiren a l'escena imaginària de la meua pel·lícula. Maria Victòria, abillada com una colona nord-americana de mitjan segle XIX, pregà pietat al cel. Empar m'agafà la mà amb tanta força, que per poc no me la trenca i se m'acostà per dir-me unes paraules a cau d'orella que no vaig entendre.

–Per tant –continuà el jutge–, el tribunal prendrà la decisió final en una vista que se celebrarà d'ací a tres mesos. Durant aquest temps, la menor, Vera Messeguer Escrivà, podrà viure en la casa del senyor Àngel Sabater

Rodríguez, sota la supervisió d'una treballadora social que nomenarà el tribunal. Una treballadora social que haurà de redactar un informe, a partir del qual es prendrà la decisió definitiva de la tutela de la menor. Es tanca la sessió.

Ni la mirada de gel del senyor jutge, ni l'elegant vestit del fiscal, ni l'uniforme del policia pogueren contindre els crits, les abraçades i les llàgrimes de les companyes de Vera. Judit l'agafà, se la carregà als muscles i tot l'equip es posà a botar obviant la solemnitat del moment. Maria Victòria i jo, en canvi, ens quedàrem en fora de joc i vam demanar respostes a Empar. L'advocada, contagiada per l'emoció de les xicones, va tractar de contindre un somriure que li volia nàixer als llavis i em va indicar que ens encaminàrem cap a la porta.

–Bé, Àngel, hem guanyat el primer assalt. Però no t'equivoques, encara no està tot fet. Estem a la meitat del camí. Durant aquests tres mesos has de demostrar que Vera no podria estar en un lloc millor que en ta casa. La treballadora social farà un informe molt exhaustiu, t'ho puc assegurar. Per tant, ja saps què pots fer i què no. De tu depén que açò tinga un final feliç. Durant aquestes setmanes m'has demostrat que, si vols, pots actuar com cal. No la tornes a cagar. Fes-ho per Vera.

–Tranquil·la, Empar, ja veuràs com tot anirà bé.

–Això espere –i s'acomiadà de mi amb una encaixada.

A poc a poc tothom se'n va anar. Quan vaig voler adonar-me'n, ja no quedava ningú a la sala tret de Vera,

Maria Victòria i jo. Ens vam mirar. Ningú sabia com actuar ni què dir. Era una situació estranya. Bonica, però estranya. Llavors, després d'uns segons de silenci, Maria Victòria ens va agafar de les mans i els tres ens vam unir en una abraçada molt intensa, que ningú tingué pressa d'abandonar.

–Podem tornar a casa, míster?

–És clar que sí, filla meua...

4

Temíem més la visita de la treballadora social que la d'una colla d'alienígenes antropòfags acabats d'arribar de la galàxia d'Andròmeda. Maria Victòria i jo ens la imaginàvem com la senyoreta Rottenmeier; aquella institutriu amb l'ànima de ferro, el cor de marbre i les ulleres de ministre nazi que havia separat Heidi del seu iaio. Vera, en canvi, la vesprada abans de la visita la va dibuixar amb l'aparença de la malvada bruixa de l'oest que atemoria els habitants d'Oz: tota de negre, la cara verda, un barret ample acabat en punta i una granera vella i corcada sobre la qual volava cap a la lluna plena, acompanyada per un escamot de rates penades. Empar rigué molt en veure la caricatura de Vera, però va tractar de calmar-nos, «que només es tractava d'una funcionària que vindria a casa a complir amb la seua obligació». I que si tot estava bé, no tenia per què redactar un informe negatiu.

Des de la setmana anterior, el nostre piset no tenia res a envejar a la millor *suite* de l'hotel Hilton. Vam passar l'aspirador. Vam llevar la pols. I vam rentar el terra amb el desinfectant eixe que fa olor de pi. Vaja, que només va faltar que vinguera el majordom de la tele a passar el cotompèl per la paret, per donar-los el vistiplau. Ah, i fumar només al carrer o, en cas d'extrema necessitat, al balcó. Empar també ens va suggerir que posàrem algun tipus d'ambientador i, especialment a mi, em va prohibir qualsevol acte que poguera embrutar l'honorabilitat d'un respectable pare de família. Vaig haver de jurar damunt d'una bíblia, per tant, que s'havien acabat per sempre les visites clandestines al magatzem del bar de Vicent.

Llavors, la vesprada del dilluns 1 de febrer tinguérem la primera cita amb la treballadora social. En sonar el timbre, Vera i jo ens agafàrem les mans, nerviosos, i abans d'obrir, vam alenar profundament un parell de vegades, per tractar d'aconseguir la serenitat que tanta falta ens feia en aquells moments. Vera revisà el pis amb la mirada per última vegada, encreuà els dits i m'acompanyà fins a la porta. I quan obrírem, vam descobrir que aquella treballadora social tenia ben poc d'institutriu alemanya de finals del segle XIX o de bruixa malvada. Es tractava d'una xicona jove que no devia tindre ni trenta anys. Era a penes un pam més alta que Vera; i tot i que no era guapa, després d'haver-nos-la imaginada com una bruixa, es podia dir que tenia un cert atractiu.

–Bona vesprada, sóc Àngels Mascarell, la treballadora social –digué allargant la mà dreta.

Encaixàrem encara amb un cert recel. Però prompte el somriure que va esbossar la treballadora social s'encarregà de posar un poc de color al conte gòtic que Vera i jo havíem pensat que protagonitzaríem aquella vesprada.

–Bé, si els sembla, podem començar la visita –va traure una llibreta taronja i un bolígraf.

Vera s'encarregà de conduir-la pels nostres dominis. La treballadora social no parava de prendre notes i, de tant, en tant, feia alguna pregunta. On més temps es van detindre va ser a l'habitació de Vera. Havia canviat molt des de la primera nit que hi dormí. Ara ja pareixia l'habitació d'una adolescent: fotos amb les amigues, algun dibuix de Vera penjat a la paret, un parell de balons, la samarreta de l'equip... Calia reconéixer que no tenia mal gust per decorar. És clar, sempre que no tinguérem en compte el pòster del Llevant...

–Qui és aquesta dona? –va preguntar Àngels agafant un xicotet marc de fotos que hi havia damunt de la tauleta de nit.

Vera el va agafar. Va somriure, tímidament, alhora que una llagrimeta li enterbolia la mirada.

–És ma mare... En la foto devia tindre uns vint o vint-i-dos anys... Quan encara tenia més moments de lucidesa que de foscor... –Vera notà que li costava controlar les emocions i va eixir de l'habitació per buscar un mocador.

–Bé, senyor Sabater –digué la treballadora social, aparentment satisfeta–, només falta que revisem la cuina.

Maria Victòria i jo li indicàrem on podia trobar-la. Àngels va fer una inspecció ràpida i quan ja se n'anava, va recular, inesperadament, i obrí la nevera.

–Què significa açò, senyor Sabater? –oh, oh, problemes...

–Com... Com... –gota de suor gelada per l'esquena–. No... No l'entenc...

–Com pot estar buida la nevera? Que hui no pensen sopar?

–Bé... bé... bé, deixe'm que li explique... –paraules, on estàveu?

–No passa res, Àngels –va tercerejar Vera–. Normalment comprem els dilluns, quan torne de l'institut. Però hui pensàvem anar després de la reunió.

La treballadora social ho anotà a la llibreta i va canviar el semblant.

–D'acord –digué anant cap a la porta–. Doncs, per hui ja n'hi ha prou. Demà aniré a l'institut i m'entrevistaré amb el cap d'estudis. I nosaltres ens tornarem a veure dilluns que ve. Per cert, senyor Sabater –cada vegada que pronunciava el meu nom sentia un calfred–, si no li ve bé aquest mes, el pròxim, sense falta, necessitaré un informe mèdic seu complet. No faça eixa cara, és pura rutina, simplement he de certificar que es pot fer càrrec de la xicona.

A poc a poc les visites de la treballadora social van deixar de llevar-nos la son i segons que va poder esbrinar Empar per canals, diguem-ne, no massa reglamentaris, l'assumpte pintava molt bé. Amb eixa tranquil·litat vam arribar al 27 de febrer, una dia molt especial, ja que Vera va complir setze anys. Maria Victòria i jo li vam comprar un pastís i li'l vam traure al vestidor, després de guanyar còmodament el partit que ens enfrontava al Burjassot. I quan ja ens en tornàvem cap a casa, Maria Victòria i jo li vam donar una altra sorpresa: dos entrades de tribuna per veure el Llevant – Las Palmas d'aquella mateixa vesprada. Se n'anaren ella i Judit molt emocionades, però no van tornar tan contentes. Es coneix que els de García Plaza no van tindre una bona vesprada i si Rubén Suárez no arriba a marcar, haurien perdut. Em vaig burlar prou d'elles, però l'endemà, quan l'Atlético de Madrid ens va destrossar al Calderón, s'ho cobraren amb interessos.

El calendari va anar perdent fulls. En un tancar i obrir d'ulls, van passar vora dos mesos i mig. Dos mesos i mig fantàstics en tots els sentits, especialment en l'esportiu. Vam protagonitzar una segona volta magnífica, quasi fregant la perfecció: nou victòries, dos empats i només una derrota, contra el Llevant, les líders. Mire si vam jugar bé que diuen que el seleccionador espanyol va vindre d'incògnit a veure'ns algun partit. Jo no el vaig reconéixer mai a la grada, però sí que és cert que algú de la federació em va demanar informes de Vera i de dues o tres companyes més. Amb tot, a pesar del bon joc, l'objectiu encara no estava aconseguit; necessitàvem guanyar l'últim partit de lliga per a classificar-nos per al campionat d'Espanya. I no seria gens fàcil perquè ens enfrontàvem, precisament, al València, el segon classificat, que tenia dos punts més que nosaltres.

El partit es va disputar al nostre camp la vesprada del 17 d'abril. Com ja li he dit, era un partit molt complicat, ja que elles tenien prou amb un empat per a classificar-se per al campionat d'Espanya. En canvi, a nosaltres només ens valia la victòria. Teníem clar que el València eixiria descaradament a tancar-se i que ens donarien completament la iniciativa del joc. Per tant, ens tocaria assumir molts riscos i no perdre en cap moment la concentració, ja que qualsevol errada podria ser definitiva. Les xiques estaven motivadíssimes, perquè –com crec que ja li he comentat– la majoria d'elles eren aficionades del Llevant i cada vegada que veien un equipatge blanc i negre, bufaven i rebufaven com un bou a punt d'eixir a la plaça.

Cinc minuts abans de començar el xoc, l'ambient al camp era de gala. Dues-centes o tres-centes persones. La majoria aficionats nostres; però, lògicament, també hi havia molts seguidors del València. Darrere de la nostra porteria, un bombo, dues trompetes i un megàfon. I en la part central, el president Ballester en persona i bona part de la directiva. Abans d'eixir al terreny de joc, com tantes i tantes vegades havíem fet aquella temporada, ajuntàrem les mans, unírem les veus i ens conjuràrem per la victòria.

–Xiquetes, ja no cal que vos diga res més! Sou les millors, no hi ha ningú que jugue millor que vosaltres i ara eixireu i els ho demostrareu a tots. A guanyaaar!

–Vinga, xicones! –cridà Vera–. Per la victòriaaa!

–Per la victòriaaa!

Xiulit inicial del partit. Mirada al cel. Senyal de la creu. I seguint el ritual, primer cigarret de la vesprada. Als trenta segons ja vaig veure clares les intencions de les rivals. El València, riu-te del futbol de Clemente, havia eixit amb dues línies defensives. Una al semicercle de l'àrea i l'altra uns metres per darrere del cercle central. Un golet, necessitàvem un golet i que l'àrbitre assenyalara la fi. No era tan difícil! Però aquella vesprada el rellotge corria com si fugira d'un inspector d'hisenda. En un tres i no res arribàrem al minut quinze i encara no havíem aconseguit traspassar el mig del camp. El paquet de tabac anava perdent volum.

–Obrim el joc! Obrim el joc! Caieu a bandes! Paula! Vera!

El baló plorava pels puntellons que li pegaven les defenses valencianistes. Pere, el pare de Paula, que gravava el partit des del pont de Calatrava, negava amb el cap. Cada vegada que alguna jugadora del València queia a terra, calia cridar, fins i tot, el capellà de la seu perquè els administrara l'extremunció. I a més a més, en l'única ocasió que el baló va arribar a la nostra àrea, l'àrbitre va assenyalar penal després del desmai d'una jugadora rival; què li ha paregut?!

–Però si s'ha tirat, home! –se'm va inflar la vena del coll–. Em cague en... (Bé, per consell de Maria Victòria li estalviaré tota la relació d'insults i qualificatius que li vaig dedicar a l'àrbitre en a penes tretze segons.)

Roja directa. Sabater a la grada. Quatre targetes grogues més. Botelles d'aigua pels aires. Porta del vestidor trencada. Taquicàrdia. Protestes, més protestes. Núria al carrer. I mitja grada, amb perdó, recordant-se de la mare de l'àrbitre. Era el minut quaranta. Si marcaven, la classificació se'ns posava molt, però que molt costera amunt.

La migcentre del València va agafar el baló i el va col·locar al punt de penal. Els xiulits dels nostres aficionats van silenciar els seguidors valencianistes.

Aquell partit també es jugava a la grada. La jugadora del València no s'atrevia a alçar la mirada. Però no era l'única. Tant Maria Victòria com jo ens vam cobrir els ulls amb les mans. Quan l'àrbitre va xiular, la jugadora va agafar carrereta, va xutar i, a través dels badalls dels dits de les mans, vaig veure com el baló rebotava contra el travesser i s'enlairava cap a l'altra punta de la galàxia. Foraaaa!! Des d'aquell dia, senyor Castany, li assegure que crec en la justícia divina.

Vam arribar al descans sense haver de patir cap esglai més. Ràbia, molta ràbia al vestidor. Necessitàvem deu litres de til·la o que vinguera eixe mestre de ioga que ix a la tele i que ens fera un curset intensiu.

–Quina merda! –cridà Rut.

–Segur que està comprat! –Carla també estava molt dolguda.

–Per què no ens n'anem... Si ja ho han decidit, no volen que ens classifiquem... –Laura, quasi entre llàgrimes.

–Xiquetes, que no s'ha acabat! –tocava apel·lar a l'heroisme–. Queda tota la segona part i anem zero a zero. De veritat penseu que ens guanyaran eixes, que l'únic que saben és pegar balonades?

Vera va arreplegar el guant.

–El míster té raó! Després de tot el que hem treballat, ens hem de rendir ara? De veritat voleu que els xotos ens deixen fora del campionat d'Espanya? Eixim *ahí* fora i ensenyem-los com es juga al futbol! Qui està amb mi?

–Jo!

–Jo!

–Jooo!!!

Cares noves. Bateria recarregada. Mode victòria.

–Un parell de coses abans d'eixir –tothom callà i em mirà atentament–. Tot i que en som una menys, necessitem guanyar el partit. Per tant, hem d'assumir algun risc més. En lloc de quatre defenses, jugarem amb tres. I la resta, tot igual. Això sí. Les que teniu targeta, controleu-vos. I no deixeu massa distància entre línies, jugueu molt juntetes. Ah, i si, per una d'eixes, quan entreu a l'àrea noteu que vos toquen, ja sabeu què heu de fer... L'àrbitre no té la consciència tranquil·la, segur que voldrà compensar-nos!

Totes van assentir, molt concentrades.

–Maria –vaig continuar–, com jo no puc estar a la banqueta, queda't tu d'entrenadora. Jo veuré el partit des del pont, amb el pare de Paula, i si necessite donar-te alguna instrucció, ja et cridaré al mòbil. Està clar?!

–Sí, míster!!! –respongué l'equip tot a l'una.

–Doncs, guanyeu el partit, que ens espera el campionat d'Espanya a Barcelona!

–A guanyaaar!!!

Just en arribar al costat de Pere, l'àrbitre va assenyalar la represa. Vera, des del mig del camp, va alçar els dits índex i cor, en senyal de victòria. La grada començà a animar de valent. Pere va sospirar. I jo vaig encendre el penúltim cigarret que em quedava.

–La co... cosa es... està mala... malament... –amb els nervis, Pere encara tartamudejava més.

–Sí, Pere, sí... El més normal és que perdem... En som una menys... Però hem d'estar orgullosos d'elles... Arribar a l'últim partit amb possibilitats de classificar-se ja és tot un premi. Qui ho hauria dit fa quatre mesos...

–Te... te... tens ra... raó...

El segon temps va ser un calc dels primers quaranta-cinc minuts. El València es va tancar totalment dins de la seua àrea i nosaltres continuàrem dominant territorialment el joc, però sense cap ocasió de gol. Si el temps corria en la primera part, en el segon acte volava. Com costava trenar una jugada! I a mesura que avançava el crono, l'equip perdia espenta i les valencianistes començaven a llançar les primeres contres perilloses. Calia reforçar la zona ampla i per això li vaig indicar a Maria que calfara tota la banqueta.

Minut trenta-cinc, vaig introduir dos canvis, Judit i Laura, que ja no podien amb l'ànima, se n'eixiren i entraren Carme i Alícia. Ja no quedava tabac. A l'altra punta del pont vaig divisar un estanc, però un general no abandona mai el lloc de comandament en plena batalla. Pere, que va resultar ser un home molt religiós, s'encomanà a sant Vicent i a la Geperudeta...

Pràcticament ningú no creia en la victòria i la banqueta valencianista ja celebrava la classificació per al campionat d'Espanya. Llavors, Paula va caçar el baló al mig del camp i li va enviar una passada llarga a Jennifer, que havia guanyat l'esquena a la defensa valencianista. La nostra davantera va controlar l'esfèric i així que va xafar l'àrea, li van caure damunt la portera i una de les centrals. L'àrbitre va dubtar durant un instant, però assenyalà la pena màxima.

–Penaaal!!! –l'afició esclatà en un clam d'alegria.

Totes les mirades se centraren en Vera, l'encarregada habitualment dels llançaments des dels onze metres. La xicona, sense esquivar la responsabilitat, agafà el baló i amb una tranquil·litat aparent, lentament, s'acostà al punt de penal. Quins nervis! No podia ni respirar! Alguns espectadors es van girar per la tensió. Maria Victòria, Pere i jo ens agarràrem com els jugadors del Brasil durant la tanda de penals de la final del campionat del món de 1994. Si en la primera part la jugadora del València s'havia emportat la xiulada de la nostra afició, en aquell moment era Vera qui patia la ira dels seguidors valencianistes.

–No puc mirar, Pere! No puc mirar!

–Tran... tran... tran... qui... qui... qui... tran...

–Colló, Pere! Pareixes una metralladora! Deixa-ho que em poses més nerviós!

Vera deixà el baló en terra. Se separà de l'esfèric uns dos metres. I quan l'àrbitre xiulà, corregué cap a ell. Durant el segon i mig que li va costar colpejar el baló em vaig recordar de tots els moments que havíem compartit aquell any. Tantes il·lusions, tants problemes. Mereixia el gol, senyor Castany, el mereixia... La portera, un instant abans que Vera xutara, es va fiar dels ulls de Vera i es va llançar a la dreta. Però no era una mirada sincera, ja que el peu de Vera s'havia encapritxat amb l'escaire esquerre...

–Goool!!!Goool!!!

Totes les jugadores es tiraren damunt de Vera. Besades! Abraçades! Crits! No vam destapar botelles de cava perquè no en teníem! Pere estava tan emocionat que em va abraçar d'una manera tan impetuosa que va faltar ben poquet perquè Maria Victòria, la càmera i el trípode caigueren del pont. A penes dos minuts després l'àrbitre, amb el xiulet a la boca, va assenyalar la fi del partit. L'afició va envair el camp! Tothom saltava d'alegria! Era per a això i molt més, ens acabàvem de classificar per al campionat d'Espanya!

Maria Victòria, Pere i jo vam baixar corrents cap al camp per unir-nos a la festa. I just quan hi arribàrem, ens vam trobar amb el president i la resta de directius, que se n'anaven amb les cares molt, molt llargues. Ni Pere ni Maria Victòria semblaren adonar-se'n. Però jo vaig tindre un instant de lucidesa i em va estranyar que després d'aquella gran victòria cap membre de la directiva mostrara ni el més lleu símptoma d'alegria. Ballester (on s'havia deixat el somriure *Profident*?) em féu un senyal i em cridà a part. No tenia ni idea del que podria voler. Però, era evident, que no anava a felicitar-me pel gran èxit que acabàvem d'aconseguir.

–Angelet... No sé com dir-t'ho... Creu-me que em sap molt greu... Però ara quan et reunisques amb les xicones, els has de dir que no podran participar al campionat d'Espanya.

–Com?! –no m'ho podia creure.

–Veuràs... No sé com dir-t'ho... Ja saps que estem en crisi... La situació econòmica del club no és la millor... Si vos paguem l'estada a Barcelona, no podrem pagar els sous de l'equip de preferent... Comprén-me... Podrien denunciar-nos...

–Però, Ballester, si els ho havies promés... Si tu mateix els has dit abans del partit, que si guanyaven, ens esperava el campionat d'Espanya... Jo no entenc res.

–Si t'he de ser sincer, el que esperàvem és que no guanyàreu i com a compensació havíem decidit convidar-vos a tots a sopar... Bé, ens n'hem d'anar... Els xics juguen d'ací a mitja hora a Torrent.

–Ballester... Ets un fill de puta!

El president, sense exercir el dret a la rèplica, em va donar l'esquena i es va allunyar tan ràpidament com va poder. Quina raó tenia aquell que deia que córrer era de covards. Maria Victòria, quan més la necessitava, es va quedar sense paraules. Els peus, maleïts peus, s'encabotaren a conduir-me al vestidor amb aquella mala notícia. A deu metres de la porta se sentien perfectament les celebracions i els càntics de les meues jugadores. Havien fet realitat el somni de classificar-se per al campionat d'Espanya i, en pocs segons, jo anava a trencar totes aquelles il·lusions... No en vaig ser capaç, senyor Castany, no m'hi vaig atrevir. Quan vaig obrir la porta i totes se'm tiraren damunt per celebrar la classificació, vaig decidir que ja veuria d'on treia els diners, però que les xiques no es quedarien sense disputar el campionat d'Espanya. I l'oportunitat se'm va presentar uns dies més tard.

Si el calendari de la paret no mentia, acabàvem d'estrenar el 21 d'abril del 2010. Les racions de whisky ja no es mesuraven per gots, sinó per botelles. No cabia cap cigarret més dins dels cendrers. Feia hores que no quedava ni un sol centilitre d'oxigen al magatzem del tuguri de Vicent. Però allí continuaven sis parells d'ulls al voltant del tapet, amb les cartes a la mà, la butxaca foradada i mil dimonis rosegant-nos la consciència: el cabró del carnisser; Joan, el del supermercat; Pere, el sagristà; Antoni, el propietari d'un xicotet celler del barri; un jove amb accent sud-americà que jugà tota la nit amb ulleres fosques i que es va fer anomenar John, i jo.

–Cavallers, l'última ronda, que el sol està a punt d'eixir i no vull problemes –avisà Vicent.

Tocava deixar tres bitllets de cinquanta damunt del tapet. El carnisser barallà i repartí cinc cartes a cadascú. Començà l'última batalla. Mirades de gel. Paràlisi facial. Llavis cosits. Qualsevol gest inapropiat podria significar la ruïna.

–D'acord, cavallers, fem-ho ràpid –el carnisser tenia pressa per tornar a casa–. Ací van cinc bitllets de vint, quatre de cinquanta i dos de cent.

El del supermercat decidí que ja havia perdut massa diners i se'n retirà. El sagristà i el jove sud-americà s'ho pensaren uns segons més, però també descobriren les cartes. I quan els ulls del carnisser se centraren en mi i les seues mans ja quasi acariciaven els mil quatre-cents euros que hi havia sobre el tapet, amb la poca veu que em quedava vaig amollar:

–Doncs, ací van els meus cinc-cents... I com que estic segur que hui és el meu dia: cinc-cents més i, que collons, uns altres cinc-cents...

Maria Victòria va caure en terra de la impressió.

–És un farol... –el carnisser començava a tindre problemes per respirar.

–Tal vegada... Però o iguales l'aposta o aquesta nit guanye jo.

El mòbil va trencar el silenci. Era la cinquena vegada que em sonava durant l'última mitja hora. Maria Victòria em va mirar, molt enfadada: «No el penses agafar ara tampoc? La pobra Vera deu estar pujant-se'n per les parets! Quan sàpia que has estat jugant-te tots els estalvis en una timba de pòquer, veuràs! Li vas prometre que no ho tornaries a fer!». Sí, ja sé que no hauria d'haver-li mentit. Era plenament conscient que havia trencat la promesa. Però aquella nit era diferent. Seria l'última...

–Vinga, carnisser –vaig dir-li amb el filet de veu que em quedava–, iguala l'aposta o rendeix-te.

–Està bé, ja veig que hui tens ganes de marxa... Doncs ací hi ha els meus mil euros. I mira'ls bé, perquè no te'ls emportaràs: trio d'asos!!

En veure les cartes del carnisser vaig tornar a sentir-me com quan jugava al València i m'arribava un baló a boca de canó...

–Doncs el meu trio és de quatres... –les mans del carnisser es llançaren damunt dels bitllets que hi havia escampats pel tapet–. On vas? Lleva les teues mans de porc dels meus diners... –ja quasi no em quedava veu. Era normal el dolor que començava a pujar-me pel braç esquerre?–, perquè al meu trio l'acompanya una parella de sets: *full*!

Vaig deixar les cartes damunt del tapet. La cara de bacó del carnisser es va transformar de colp en la d'un dimoni de l'infern. Va reballar de mala manera la cadira on havia estat assegut tota la nit i se n'anà llançant foc i sofre per la boca. Hui en dia, encara hi ha gent del barri que recorda la imatge patètica del carnisser tombant tot el que es va trobar pel carrer, anant a casa. Aquella derrota va ser una tota una qüestió d'honor, com quan el Brasil va perdre a Maracanã el Mundial de 1950 davant de l'Uruguai.

Maria Victòria i jo, amb moltes més dificultats de les habituals, però amb la butxaca plena, eixírem cap a casa. Com em costava respirar! Què li passava a la meua vista? I aquell maleït dolor de braç cada vegada era més intens. Maria Victòria, sense alterar massa la veu, per no preocupar-me en excés, em suggerí que telefonara a Vera. Però així que vaig prémer el número de la xicona vaig notar una punxada forta al pit i tot se n'anà a negre. Algú havia premut la tecla d'*off* del meu cervell. Foscor, molta foscor. Fred, com podia fer-ne tant...

–Una ambulància! –cridà una veu en la llunyania...

5

Obrir els ulls i trobar-te rodejat de cables, màquines, un rellotge que marcava les quatre de la vesprada i una xicoteta finestra que t'acosta al món, només podien significar dues coses: o que m'havien llançat a l'espai en una missió especial de la NASA o que em trobava a la UCI de qualsevol hospital de València. Com que la primera persona que vaig veure anava vestida de blanc i es protegia la boca amb una mascareta higiènica, vaig deduir que, desgraciadament per a mi, no formava part de l'expedició *Earth - Mars*. «Llàstima», vaig pensar, «amb el que m'hauria agradat ser el primer humà a xafar el planeta roig». Hauria sigut tot un esdeveniment al barri. «Sí, és el nostre Àngel! El que compra el pa ací cada dia!», diria la fornera. «Mireu-lo, xicons, ací el teniu!», a l'artista de Vicent fins i tot li caurien les llàgrimes, «era el meu millor client, abans de llançar-se a la carrera espacial...».

–Bon dia, senyor Sabater, quina matinada ens ha fet passar... Ens temíem el pitjor... –la veu dolça de la infermera que em vigilava les constants vitals em va tornar a la realitat terràqüia.

–Qui és vosté? On sóc? –fins i tot parlar em feia mal.

–Ja veig que l'infart l'ha deixat sense memòria –a través de la mascareta s'intuïa un somriure que vaig agrair tan bé com vaig ser capaç–. Sóc Maria Jesús, una de les infermeres que l'atenen. I cregam si li dic que hui no podria estar en un lloc millor, som a la UCI de l'Hospital Pesset Aleixandre.

–Ací es pot fumar? –segurament la pregunta no la vaig fer jo, sinó la necessitat de nicotina que tenia el meu cos.

–Que graciós que ens ha eixit el senyor Sabater –en eixe moment una inclinació de les celles de la infermera indicà que havia canviat a mode mare superiora–. Ni ací, ni a sa casa, ni al carrer, ni en cap lloc. Ja li ho dirà el doctor quan el baixen a planta... Però de tabac res, això ja s'ha acabat. Llevat que vulga que l'enterrem demà mateix.

–Doncs, quin fàstic! I quan pensen llevar-me tots aquests cables? Dec estar ridícul...

–Vosté el que ha de fer és relaxar-se i posar-se bo. Deixe els cables tranquils, que de moment els necessita per a alimentar-se i per a estar ben controladet...

–Ah, o siga que això significa que hui no pensen donar-me menjar... Jo tinc fam! Ara mateix em menjaria un bou!

–Aiii! La seua filla ja m'ha avisat que a vosté li agrada remugar per tot.

–La meua filla?

–Caram, tanta memòria ha perdut? Vera! No li diuen Vera?

–... Sí... sí... I què li ha dit, que sóc un vell remugó?

–Sí, i a més, m'ha donat permís per tapar-li la boca amb esparadrap si es posa molt pesat. O siga, que no jugue amb mi –el territori ja estava marcat.

–D'acord, d'acord... Em portaré bé... Per cert, on és la meua... On és Vera?

–Veu eixes cadires d'ací fora? –digué assenyalant l'altre costat de la finestra–. Allí l'ha tinguda vosté des de les sis del matí fins fa mitja hora, que l'he enviada a casa a menjar alguna cosa, perquè no ha volgut ni que li pujàrem un entrepà del bar. No ha consentit separar-se de vosté ni un sol segon. Habitualment només permetem que els familiars es queden una mitja hora amb vostés, però com que la pobra xiqueta no parava de plorar, el doctor li ha concedit un permís especial.

–Plorava molt... –les imatges començaven a perdre consistència–. La culpa és meua...

–Deixe's de culpes ara mateix i faça el que li he dit, pose's bo... Bé, he d'anar me'n. Necessita res de mi? Si sent molt de dolor, li puc posar un tranquil·litzant.

–No, no cal... Però sí que podria fer una cosa per mi. Podria acostar-me la crossa?

–La crossa? Quines idees que té! Vosté no pot moure's. Ha d'estar quiet, sense alçar-se. Ja tindrà temps!

–No, si no és per alçar-me, és perquè em faça companyia. Sap, fa més de trenta anys que estem junts. La vull com si fóra la meua dona... Vol que li diga un secret? Li diuen Maria Victòria.

La infermera va tractar d'improvisar un somriure per endolcir la negativa. Però no va saber disfressar la incomoditat que reflectien els seus ulls. Missatge rebut. Valia més estar calladet, o no tardaria a conéixer els interns entranyables de la planta de malalts mentals.

–Me'n vaig, senyor Castany. Procure relaxar-se.

Se'n va anar i em va deixar amb l'única faena de comptar les gotes que m'arribaven al cos procedents d'aquelles dues bosses de plàstic mig pansides amb què, suposadament, m'alimentaven. Què els hauria costat posar-me un degotador de fideuà o d'arròs a banda? No, en comptes d'això, aigua pudenta i veges tu a saber quina classe de potingues. No m'agradava aquell restaurant. I damunt, immobilitzat, aïllat del món i sense televisió! Si almenys m'hagueren permés que m'acompanyara Maria Victòria. Aquelles persones no tenien ànima...

El temps dins d'aquella particular càpsula espacial passava lent. Cada minut el goter de l'esquerra m'enviava 47 gotes i el de la dreta, 43. Cada cinc minuts la infermera s'acostava i vigilava que la màquina que em contava les pulsacions no s'haguera quedat sense bateria. De tant en tant tancava els ulls, per veure si així el temps passava més de pressa. Però no. Els minuts canviaven després de seixanta segons i les hores no passaven fins que l'agulla més curta no rodava completament l'esfera del rellotge.

Al voltant de les cinc un xicotet rebombori em va destorbar. S'obriren un parell de portes, algú va riure i vaig sentir unes passes que s'acostaven. Instintivament vaig alçar el coll i el vaig girar cap a la finestra. I va aparéixer Vera. Tenia els cabells desperts, la mirada cansada i el nas enrogit. Vaig notar una sensació estranya enmig del pit. Els ulls se m'enterboliren. I se'm va escampar un tremolor per tot el cos. Al cap d'uns quants segons l'aparell que em mesurava el cor es va posar a xiular. La infermera, ràpidament, va entrar. Li va indicar a Vera que se separara de la finestra. I m'administrà un calmant.

–Tracteu de controlar les emocions –avisà Maria Jesús–, que en l'estat de son pare no és bo. El seu cor ha patit molt.

A poc a poc, la maquineta deixà de piular i l'electrocardiograma recuperà la cadència habitual.

–Bé... –digué a la fi–. Com estàs?

–Ei... Ara que estàs ací, millor...

–Estic molt enfadada amb tu –digué Vera, eixuta–. Em vas prometre que no tornaries a jugar al pòquer mai... I què vas fer anit? Doncs, tornar al tuguri eixe de Vicent. Perquè no crec que els cinc mil que duies quan et va donar l'infart et caigueren del cel, veritat? Que sàpies que vinc del bar del cabró eixe i li he dit que com torne a muntar una partida més, el denuncie a la policia... Com has pogut ser tan irresponsable? Què creus que opinarà la treballadora social quan se n'assabente de tot açò?

Vaig deixar caure totes les llàgrimes que m'havia aguantat durant dècades.

–L'he tornada a cagar, Vera... Perdona'm... Però... Els diners eren per a vosaltres... El president no pensava pagar-vos ni la inscripció del campionat d'Espanya ni l'estada a Barcelona...

–El campionat d'Espanya? I a qui li importa el campionat d'Espanya si hagueres mort? De vegades et comportes com un xiquet... Hauries d'haver-nos-ho dit! Hauríem trobat una solució més bona entre totes! Ara tot pot anar-se'n a la merda... Però bé, millor calle... Ja has sentit la infermera, has d'estar tranquil... Perdona'm... No hauria d'haver-te dit res... Perdona'm...

Vera va seure. Obrí la motxilla, tragué un llibre que a través del vidre em va paréixer d'història i es concentrà en la lectura.

–T'has portat els deures? –li vaig preguntar per tractar d'iniciar les converses de pau.

–Sí. Demà tenim examen.

–I com ho portes?

–Tu què creus? Anit la persona que se suposa que ha de cuidar de mi, se'n va de casa i em promet que, com a molt tard, tornarà a les onze. Ni a les onze, ni a les dotze, ni a la una, ni a la una i mitja... I quan, per fi, em telefona, va i me'l trobe mig mort al carrer, amb les butxaques plenes de bitllets de cent euros. I arriba l'ambulància... Ni-no-ni-no! I el desfibril·lador! I es mor o no es mor? I tot el matí vetlant-lo a la UCI. I després ressuscita... Com vols que ho porte? Doncs, com el cul!

–Tranquil·la, si jo he sobreviscut, tu aprovaràs... El meu examen era més difícil.

Somriure disfressat de cabreig.

–Les xicones de l'equip m'han enviat dos mil *whatsapps* interessant-se per tu. I Mostatxet també m'ha cridat. I la fornera «que com està el papà, que es millore, que si naps, que si cols...».

Silenci. Mirades de complicitat. Paraules que ningú s'atreví a dir.

Un parell de dies més tard em baixaren a planta. Vam tindre tan mala sort que em va tocar de company l'únic malalt de tot l'hospital que roncava més que jo. Es tractava d'un home a mig evolucionar entre la morsa i la balena grisa. Ja pot imaginar-se quin horror de nits vam passar...

Eixe mateix dia, vingué Empar. No calgué que em diguera res, amb la mirada ja n'hi hagué prou. Se n'anà amb Vera a la cafeteria i, pel que em va contar la xicona un parell de setmanes després, li ho va pintar tot negríssim. Aquelles previsions negatives es van confirmar dilluns següent, quan vam rebre la visita de la treballadora social. Aquell dia ja no em va semblar tan simpàtica ni tan meravellosa. A penes va obrir la boca. Únicament consultà la història mèdica i Maria Victòria i jo ens aborronàrem quan vam notar que negava amb el cap mentre anotava déu sap què a la llibreta taronja. Vera intentava somriure per alleugerir la situació, però també ella s'adonava que la música que sonava no era la que volíem ballar.

Una de les primeres nits en planta, després de mostrar-me una caricatura preciosa que havia dibuixat a llapis en la qual eixíem els dos amb el xandall de l'equip, Vera se'm va acostar, misteriosa:

–Àngel, mai m'has contat res de tu... És cert que vas tindre una filla?

Que poc que m'agradava entonar el «jo confesse». Però en aquell moment no tenia escapatòria.

La mateixa Maria Victòria m'animà a traure tots els fantasmes que des de feia uns quants lustres s'havien encabotat a rebolicar-me els budells.

–Mar... li diuen Mar... –mirada al sostre. Les confessions són menys còmodes si no mires ningú als ulls–. És un poc més major que tu... El mes passat va complir dènou anys... Però en deu fer més de quinze que no sé res d'ella... Sa mare i jo ens vam conéixer a Alcoi, en l'època que vaig entrenar l'Alcoià. Li deien Inés, era la cambrera d'un dels bars que hi havia prop del Collao, on cada nit anava a sopar. Ella s'enamorà de mi, jo segurament li vaig prometre el cel. Però en quedar-se embarassada, a mi em van destituir, se m'oblidaren les promeses i el cel d'Inés es va convertir en un infern. Quan va nàixer Mar, al principi la visitava cada setmana. Després una vegada al mes. I a partir dels tres anys, només per Nadal i algun cap de setmana a l'estiu. El dia que va complir els cinc, vaig arribar a la festa d'aniversari mig bufat. I la xiqueta, plorant, em va dir que me n'anara, que no volia saber res de mi... No la culpe... He sigut un autèntic fill de puta... –se m'escaparen unes quantes llàgrimes–. Però vols que et diga una cosa? Encara hi ha nits que la somie. Somie que acaba de nàixer i la tinc entre els braços. Somie que ja té un anyet i que em demana ajuda per a caminar... Somie que sóc un bon pare...

Vera em va agafar la mà.

–Jo també somie. Somie que sóc una xiqueta i visc feliç amb ma mare. I torne a viure l'època en què m'acompanyava al llit per contar-me les aventures de Mowgli i Baloo. O quan m'acariciava fins que se'm tancaven els ulls, mentre em cantava a l'orella la cançoneta de la lluna i les estreles. Però altres nits somie que ma mare arriba a casa col·locada. I jo sóc un bebé i tinc fam. I com que no sé parlar comence a plorar. I ma mare, en comptes d'alletar-me, s'acosta i esclata a riure. Jo cada vegada tinc més fam i plore amb més força i ella, sense deixar de riure, se'n va amb uns amics i em deixa sola, sola, sola...

–Els somnis són molt cruels. No pots ni imaginar-te quantes vegades he somiat que tinc vint anys i que torne a debutar amb el València. Juguem contra l'Espanyol, sempre contra l'Espanyol... I els guanyem. Jo marque els tres gols de l'equip, sóc el gran triomfador de la nit. Però quan tornem al vestidor, amb tot el camp cantant el meu nom, s'obri un forat en terra que m'engul només a mi. I caic, i caic i el forat sembla que no té fi...

La vida a l'hospital se'm va fer insuportable. Al cinqué dia ja implorava que m'enviaren a casa. Quina tortura! Tot el dia gitat, aguantant els maldecaps del veí, llegint i rellegint les mateixes revistes una vegada i una altra i amb el tabac totalment prohibit. Per més que hi vaig insistir (fins i tot amb suborns de dos o tres euros als zeladors), no em van deixar tastar-ne cap. M'hauria fumat la pell d'un plàtan embolicada en el paper dels tovallons! No és broma!

Afortunadament, el cor a poc a poc va anar recuperant-se gràcies a les atencions de les infermeres, a les maleïdes píndoles que em feien engolir abans de cada menjar i, sobretot, a l'alegria que portava Vera després de l'institut. El cardiòleg em visitava diàriament i cada vegada que em sentia queixar-me, em comentava, amb el seu particular sentit de l'humor, que «no plorara tant, que si l'ambulància no haguera sigut tan ràpida, a hores d'ara estaria fent-li companyia al seu iaio Miquel». Per fi, el matí del 13 de maig el doctor em firmà l'alta:

–Bé, senyor Sabater, d'aquesta s'ha escapat, però si no vol conéixer el meu iaio abans de temps li recomane que seguisca fil per randa aquestes indicacions. Primer, el tabac ni mirar-lo. Segon, l'alcohol només per a les ferides. D'aquestes dues qüestions la seua filla ja m'ha dit que s'encarregarà personalment. Tercer, encara que siga per equivocació, faça el favor de menjar més fruita i més verdura. Quart, no s'oblide de prendre la medicació. I cinqué, li recomane que fins a d'ací un mes no s'acoste a un camp de futbol.

–Un mes?! Però si d'ací a setmana i mitja tenim el campionat d'Espanya... –vaig protestar.

–Faça el que vulga, jo ja li he dit què ha de fer per recuperar-se. Si vosté decideix no seguir les pautes, ja s'apanyarà. Vosté és lliure. Però en eixe cas, espere que tinga un bonic funeral. Bon dia, senyor Sabater.

Aquella mateixa vesprada, ja a casa, va telefonar Empar:

–Bona vesprada, Àngel, ja tenim data per a la vista, serà el pròxim divendres dia 21 de maig –va dir de manera molt freda.

–I...?

–Tu què creus? L'has cagada, Àngel, acostuma't a visitar-la al centre d'acollida que li assignen... Ha sigut una llàstima...

–... Una altra cosa –vaig tardar uns segons a continuar fins que em vaig assegurar que Vera no podia escoltar-me–. Com que no em trobe molt catòlic... Voldria que accelerares els tràmits per fer testament...

Dilluns següent, davant notari, vaig nomenar Vera hereva universal i Empar marmessora de les meues últimes voluntats.

6

Faltava una setmana per a la vista i per al viatge a Barcelona. Vera estava que bufava. Se li van ajuntar els exàmens de pendents amb els de la tercera avaluació, que li'ls van avançar amb motiu del campionat d'Espanya, i amb algun altre treball per a apujar nota. La Barbie, per exemple, li va prometre que li posaria un huit en Valencià si li escrivia un diari amb tot el que ocorreguera durant la competició i els dies previs. Vera va decidir començar-lo el dimarts 18 de maig:

> Deu fer una mitja hora que Àngel se n'ha anat a dormir. Abans de gitar-se m'ha demanat que li portara un got de llet calenta i la ràdio. No hi ha nit que se'n vaja al llit sense ella. Li encanta escoltar les notícies esportives del dia abans d'adormir-se. El que ocorre és que cada vegada està més sord i no hi ha qui dorma en tota la finca. Les veïnes se'm queixen quasi cada dia: «Dis-li a ton pare que baixe el volum de la ràdio...». I jo li ho dic, però és molt cabut, sempre va a la seua...
>
> Parlem de coses positives. Hui he aconseguit que tampoc taste el tabac. Per sort ja no em pega la vara tant com la setmana passada. Però s'ha de dir que els primers dies a casa després de l'hospital van ser un infern: «No em compraries un paquet de tabac? Només un! Un per a tota la setmana... O per a la quinzena...

Vinga, Vera, necessite un cigarret!». I jo «No, no i no. Que ja no te'n recordes del que ens va dir el metge?». I ell tornava, «Va, per favor, només un...» I com la meua resposta continuava sent negativa, es tancava a l'habitació i començava a blasfemar en arameu.

La veritat és que estic contenta. Àngel cada dia té millor color de cara i, a poc a poc, va recuperant l'energia. Hui, fins i tot, m'ha dit que volia vindre a l'entrenament. Però quan li he contestat que no, que s'esperara un parell de dies més, me l'ha tornada a armar. Mira si m'he posat seriosa, que m'ha amollat que si em pense que sóc sa mare, amb tanta prohibició... Evidentment que no ho sóc, però ell hi ha dies que pareix que tinga quatre anys. Quina manera de fer-me patir...

Pel que fa a l'equip, fins que torne Àngel, Maria s'encarrega de dirigir els entrenaments. La veritat és que els ha preparat molt bé i ens fa treballar de valent. Per això li comentaré a Àngel que la utilitze com a ajudant durant el campionat d'Espanya, perquè així puga estar més relaxat. Tot i que ja està quasi recuperat del tot, no hem d'oblidar que el cardiòleg li va recomanar que estiguera un mes sense xafar un camp de futbol.

Però, no et mentiré, si hi ha alguna cosa que em lleva la son, és la vista del pròxim divendres. Se'm fa un nuc a l'estómac cada vegada que pense que poden separar-me d'Àngel. És que no tenen cor? És que no comprenen que el necessite? Demà li ho explicaré a la treballadora social. M'ha d'escoltar. En quin lloc puc estar millor que ací? Quantes ganes tinc que acabe la setmana...

Bé, et deixe que encara he de repassar un poquet. Demà tenim examen de Física. I fàcil, fàcil, no serà...

Dimecres vam tindre l'última visita de la treballadora social. Àngels, com sempre, va arribar puntual a les quatre i mitja. Maria Victòria i jo ens vam esforçar perquè s'adonara de la nostra, més que evident, millora física. Malauradament, sembla que ja tenia presa la decisió i a penes va estar cinc minuts a casa. Vera la va acompanyar fins a l'ascensor i tancà la porta per intentar que jo no poguera escoltar el que volia dir-li. Però va parlar amb tanta emoció i amb tant de sentiment, que encara que ens hagueren separat cent portes blindades, aquelles paraules haurien sabut trobar el camí fins al meu cor.

–No m'ho poses més complicat –implorà Àngels quan la va veure desfer-se en llàgrimes–. Hi ha vegades que li has de llevar un fill a una mare, perquè no estan en condicions de fer-se càrrec d'ell. No pots ni imaginar-te totes les històries que han vist els meus ulls... Històries, per desgràcia, molt desagradables.

–Però Àngel... Àngel... Jo sé que no és perfecte... Però ell... ell...

–Mira, en aquest temps, Àngel m'ha demostrat que no és una mala persona. Però això no és suficient. Què creus que opinaran el jutge i el fiscal quan s'assabenten que Àngel va patir l'infart en una partida de pòquer il·legal?

–Doncs, no els ho contes...

–No puc fer això, Vera, i ho saps. A més, l'estat de salut d'Àngel no és el més adequat. Ell necessita que el cuiden. Ara per ara considere que no està en condicions de fer-se càrrec de tu. En qualsevol cas no has de preocupar-te, no et quedaràs al carrer. Algú s'ocuparà de tu...

–Però jo no vull que ningú s'ocupe de mi... Jo vull quedar-me amb Àngel. Ell és la meua família. Aquesta és ma casa...

–Em sap mal, Vera. Adéu... –i amb una mirada freda desaparegué dins de l'ascensor.

Vera esclatà en mil plors. Caigué en terra desconsolada. Colpejava el terra amb els punys i s'estirava els cabells amb ràbia. Maria Victòria i jo, contagiats per les llàgrimes, vam eixir i l'abraçàrem.

–Tranquil·la, xiqueta, tranquil·la. Ja veuràs com tot serà per a bé. Et buscaran una família d'acollida. Una família d'eixes que els xorren els diners per les orelles. I estaràs millor... Ja ho veuràs... A més, jo et visitaré sempre que puga i també ens veurem als entrenaments i als partits... Tot serà perfecte! I jo estaré bé, no et preocupes per mi.

Sí, en efecte, estaria bé; però, en realitat, li confesse, senyor Castany, que ja em costava imaginar-me la vida sense Vera.

El dia d'abans de la vista l'ansietat i els nervis provocaren que tot ens eixira al revés. Vera, que no havia pogut tancar els ulls, es quedà en blanc davant de l'examen d'Història. Per més que ho intentà es va quedar bloquejada davant de la primera pregunta i se n'eixí de classe plorant. Jo no vaig passar un matí molt millor. De fet, li vaig armar un escàndol a la veïna del tercer per colar-se'm a la cua del forn. Després quasi arribe a les mans amb el del quiosc, perquè pensava que m'havia enganyat amb el canvi. I per acabar d'arredonir el matí, abans de pujar a casa vaig rebre una telefonada de la professora d'Anglés, per dir-me que li havia posat una falta a Vera, per insultar un company. En fi, un dia per a oblidar...

Eixa nit, com tal vegada seria l'última que compartiríem Vera i jo, vaig decidir que fóra especial. Llavors vam anar a sopar a una pizzeria que hi ha al carrer de Xiva. Vera se'n demanà una de quatre formatges i jo una amb pernil dolç, formatge i xampinyons. No parlàrem massa, ja que els dos teníem el cap pendent del que ens succeiria unes hores més tard a la vista. Aleshores, quan ja tornàvem cap a casa, em va sonar el mòbil. Era Empar.

–Àngel, se m'acaba d'ocórrer una idea per a demà... Que potser pot canviar les coses...

–Una idea? Conta'm –se m'obriren els ulls tant que quasi se me'n van eixir de les òrbites.

–Ara no puc dir-te res... És una idea una mica desgavellada... I no sé si el jutge ho veurà amb bons ulls... Hauré de treballar tota la nit i part del matí. Per tant, no m'espereu. Acudiu directament a la Ciutat de la Justícia. Ens veurem allí.

Empar penjà i em va deixar tot intrigat. A Vera li va faltar temps per preguntar-me. Però, per no crear-li falses esperances, Maria Victòria em va aconsellar que no entrara en detalls. Ara, qui va passar tota la nit capficat, pensant quina podia ser la idea desgavellada d'Empar, vaig ser jo. I la nit passà lenta, lenta. Com la del condemnat a mort que sap que l'afusellaran a l'alba. Nit de precs al cel, de ràdio encesa i d'incomptables visites al lavabo.

La vista començava a les deu del matí. Des de vint minuts abans esperàvem a la porta Maria Victòria, Vera i jo. Al cap de pocs minuts distingírem el maletí i l'americana elegant del fiscal de menors, i el rostre seriós i la llibreta taronja de la treballadora social. A les deu en punt aparegué el cos vaporós del senyor jutge i tots entràrem a la sala. D'Empar, ni rastre.

–Bé, senyores i senyors, hui som ací per resoldre definitivament la concessió de la tutela de la menor Vera Messeguer Escrivà al senyor Àngel Sabater Rodríguez. I, en cas que la resolució fóra negativa, haurem de buscar una solució adequada que garantisca els drets de la menor. Té la paraula la treballadora social Àngels Mascarell, que durant tres mesos ha supervisat la convivència de la menor i el senyor Sabater.

Vera i jo ens agafàrem les mans. Maria Victòria, de tant en tant, es girava cap a la porta per veure si arribava Empar. Àngels s'alçà, agafà l'informe i començà l'exposició.

–Senyoria, com podrà veure en la còpia de l'informe que li he fet arribar, les conclusions a les quals hem arribat no són favorables. En la nostra opinió, el senyor Àngel Sabater no està capacitat per a exercir de tutor d'aquesta xicona. El seu estat de salut no és el més adequat, ja que s'està recuperant d'un infart. I, a més, freqüenta ambients absolutament incompatibles amb l'educació d'una menor. En conseqüència, fins que es trobe una persona adequada per a encarregar-se de la tutela de Vera Messeguer Escrivà, proposem que se li assigne un centre d'acollida.

Tot, segons el guió previst. Vera remugava en veu baixa, s'estava recordant de tota la família de la treballadora social. On collons era Empar?

–Llavors –començà el jutge, quan la treballadora social acabà l'exposició–, sembla que la qüestió és clara. Per tant, aquest tribunal decideix...

–Un moment, senyoria! –en eixe moment, Empar, tota sufocada, arribà a la sala amb un document a la mà.

El jutge la va mirar amb el mateix rostre que el llop degué mostrar a la caputxeta abans d'intentar devorar-la.

–Senyoria... –continuà Empar, mig ofegada–. Pensant únicament i exclusivament en el benefici de la menor... Considere que podríem estudiar la possibilitat d'una tutela compartida entre el senyor Sabater... I jo...

No ens podíem creure el que acabàvem d'escoltar.

–Com ja vam demostrar en la vista anterior, la senyoreta Messeguer Escrivà ha experimentat un canvi positiu des que viu amb el senyor Sabater. Cert és que el senyor Sabater té una certa tendència innata a clavar la pota i que, tal vegada, ara el seu estat de salut no és el més idoni. Per això, jo m'oferisc a supervisar la convivència com a segona tutora, almenys fins que el senyor Sabater es recupere totalment. D'aquesta manera, Vera no haurà d'abandonar la que considera sa casa i podrà continuar vivint en un entorn on se sent volguda i estimada per tothom. Ací, senyoria, té el conveni regulador de la tutoria compartida que he redactat aquesta nit. També tinc una còpia per al fiscal, una per a la treballadora social i, lògicament, una per a la senyoreta Messeguer i per al senyor Sabater.

El senyor jutge llegí amb atenció el document que li lliurà Empar. Després alçà el cap i, amb la mirada, interrogà el fiscal i la treballadora social. Des del nostre seient ens va paréixer que ningú semblava posar cap objecció. Vera, amb els ulls humits, m'agafà la mà encara més fort. I Maria Victòria estava tan nerviosa que quasi botava, mentre esperàvem la decisió final.

–Doncs, si no hi ha cap inconvenient –digué el jutge, a la fi–, el tribunal decideix atorgar la tutela de Vera Messeguer Escrivà al senyor Àngel Sabater Rodríguez i a la senyora Empar Torres Candel. Es tanca la sessió.

Vera i jo ens abraçàrem amb molta emoció i no poguérem contindre les llàgrimes. Empar, també visiblement emocionada, s'acostà per compartir la nostra alegria.

–Així que aquesta era la teua idea desgavellada? –li vaig preguntar a Empar.

–Empar... –Vera estava tan emocionava que li costava trobar les paraules adequades per expressar l'enorme gratitud que sentia.

–No cal que em digues res, Vera. T'ho mereixies i punt –va respondre Empar amb un somriure.

–Mai oblidaré el que heu fet per mi... Moltes gràcies als dos.

La xiqueta ens va agarrar de les mans i, sense poder dissimular l'alegria, estirà de nosaltres cap al carrer. En deixar arrere les portes de la Ciutat de la Justícia, vam comprendre que acabàvem d'iniciar una etapa nova en la vida. Una etapa nova que havia de començar amb la disputa del campionat d'Espanya de futbol femení.

Dissabte 22 de maig del 2010

Ja som a Barcelona! Per fi! Pensava que no hi arribaríem mai. Cinc hores de viatge, quina pallissa! Hem tingut molt de trànsit per l'autopista... Buf! I quan ja véiem el rètol de Barcelona el malson s'ha prolongat una hora i quart més; perquè l'inútil del conductor no trobava l'hotel. Hem passat dues vegades per la plaça d'Espanya, dues més per la Sagrada Família, pel passeig de Gràcia... I finalment hem arribat a la plaça Urquinaona, on és l'hotel.

Àngel no ha parat de remugar en tot el trajecte. Creu-me, ha tornat a la infància. «Falta molt?», preguntava cada vint o vint-i-cinc minuts. «No pot anar més ràpid, senyor conductor?». «No em diga que s'ha tornat a perdre?». Hi ha hagut un moment que jo pensava que el conductor se'n baixava i ens deixava tirats.

Pere, el pare de Paula, com l'han prejubilat en la faena, també se n'ha vingut. És un més de l'equip. Enguany només s'ha perdut el partit que jugàvem a Gandia i perquè tenia metge... S'ha dut la càmera i ho grava tot. Açò pareix el *Gran Germà del futbol.* Segur que li queda un reportatge molt bé. A més, Àngel li ha comentat que vol que s'encarregue de gravar els partits de les nostres rivals. Així podrà analitzar les tàctiques de cada equip, ja que mai hem jugat contra cap d'ells.

En total som setze equips dividits en quatre grups. De cada grup només el campió passa a semifinals. En principi, pel que hem pogut veure, el nostre grup és assequible. Ens han tocat l'Albacete, el Llorca i un equip de Mallorca que ara no me'n recorde com es diu. Sabem que guanyar el campionat serà molt difícil, perquè hi ha equips com el Barcelona, l'Athletic, el Rayo Vallecano, o el Llevant. Però arribem amb tota la il·lusió i intentarem donar-ho tot. Has vist? Ja parle com un futbolista de primera divisió, ha, ha, ha! Ara diré que no ens hem de confiar, que cal anar partit a partit i que no hi ha rival petit... Ha, ha, ha! Que troncs que són alguns futbolistes...

No sé si t'he dit que el campionat el juguem a la ciutat esportiva del Barça! On cada dia s'entrenen Messi, Xavi, Iniesta, Pedrito i Puyol... Quina llàstima no haver vingut una setmana abans! Ara ja estan tots concentrats a Sud-àfrica per al mundial. Hauria estat tan *guai* poder-nos haver fet alguna foto amb aquests jugadors. Perquè sí, jo sóc del Llevant, però Messi, és molt Messi. A més, com que l'equipatge del Barça és igual que el del Llevant, amb el Photoshop podria canviar-li l'escut a Messi i nyas! El convertiria en jugador nostre, sense haver pagat ni un sol euro. Una altra vegada serà...

L'hotelet no està gens malament. No és massa gran. Però té de tot i, a més, és molt cèntric. Hui no hem eixit perquè hem arribat molt tard i estem cansades; però demà, després de l'entrenament –que el tenim programat a les deu del matí en un dels camps de la ciutat esportiva– aprofitarem per a conéixer la ciutat. La veritat és que no puc negar que estic molt feliç... Fa a penes dos dies pensava que el meua vida tornaria a convertir-se en un infern i hui, ja veus, en la glòria. Que bé s'ha portat Empar! Quan tornem de Barcelona li compraré algun detallet per agrair-li-ho. Feia temps que ningú es portava tan bé amb mi, com Empar i com Àngel... La vida em va llevar els meus pares i ara me n'ha prestat uns altres... Té gràcia, no?

Bé, ja és tard, Judit ja fa una mitja hora que dorm. M'encanta veure-la dormir. Transmet una pau i una tendresa... Què faria jo sense ella?

Hala, tanque el llum. Demà, més.

Damunt de la taula de la cuina. Mira que Vera m'ho va dir tres o quatre vegades abans d'eixir de casa. I Maria Victòria també em va insistir un parell de vegades més. Damunt de la taula de la cuina. I, efectivament, damunt de la taula de la cuina es va quedar la meua medicació. Sí, ja sé que hauria d'haver-la agafada; però tenia tantes coses al cap. Per què no la vas agafar tu, Maria Victòria? Ah, no em vingues una altra vegada amb l'excusa que no tens mans... Doncs, a mi se'm va oblidar. Roba per a una setmana, bossa d'endreç personal, raspall de dents, sabatilles d'anar per casa, la ràdio... Segur que a vosté, senyor Castany, més d'una vegada se li ha oblidat alguna cosa. Veritat que no passa res? Però Maria Victòria no me'n passa una. Xe, total eren quatre o cinc dies sense la medicació, si ja estava pràcticament bé! Farmàcia? Que les podria haver comprat en una farmàcia de Barcelona? És clar, Maria Victòria, tu t'ho veus tot sempre molt fàcil. I qui m'havia de signar les receptes, la recepcionista de l'hotel?

En fi, diumenge, així que vaig baixar a la cafeteria per desdejunar, Vera, que sempre està en tot, em va preguntar si ja m'havia pres la píndola. I jo, per no marejar-la, vaig mentir al més pur estil Pinotxo. Aquella setmana l'important no era jo, era el campionat d'Espanya i jo volia que Vera només estiguera pendent del seu joc. Cal tindre en compte que la veurien jugar els entrenadors dels principals equips femenins d'Espanya. I si la xicona jugava bé i destacava, aquell campionat podria ser un gran aparador per a ella.

Amb eixa il·lusió ens en vam anar cap a la ciutat esportiva del Barça per al nostre primer entrenament. En arribar sentírem com si acabàrem d'aplegar a una nova galàxia. Acostumades com estaven al nostre xicotet camp de gespa artificial, es van quedar sense paraules davant d'aquelles instal·lacions. Com els homes d'Amundsen després de penjar la bandera de Noruega al pol Sud. O com Neil Armstrong, en descendir de l'Apollo 11 i convertir-se en el primer humà que xafava la superfície de la lluna.

L'entrenament d'aquell dia va ser molt suau. Vint minuts de carrera contínua, un parell de jugades de pissarra i per acabar, un partidet modificat, huit contra huit. L'endemà debutàvem davant l'Albacete, el teòric rival més complicat del grup, ja que havien quedat campiones de la seua lliga. Segons la informació que havia recopilat Maria, aquest equip destacava sobretot per la defensa. Encaixava poquíssims gols i rendibilitzava al màxim els que marcava. Un equip, per tant, molt paregut a nosaltres, que ens donaria pocs espais i segur que molts maldecaps a la contra.

Alea jacta est.

7

Entre les huit i les huit i quart tothom havia d'estar en la cafeteria de l'hotel per desdejunar perquè a les onze debutàvem en la competició. Però un problemeta gàstric i una nit d'insomni van provocar que Maria Victòria i jo ens retardàrem. Quan hi vam arribar totes les xiques en peu ens van dedicar una gran ovació. Jo, que estava massa baldat per inventar qualsevol excusa, vaig acatxar el cap i vaig aguantar la burla, com un campió. Vera va ser de les que més em va aplaudir; però, com no tardà a fer evident, aquell retard no li va agradar gens.

–Què t'ha passat? Estàvem a punt de pujar a buscar-te...

–No, no és res. És que no he passat bona nit. Però no et preocupes... Deuen ser els nervis pel debut.

Vera va somriure.

–Nosaltres tampoc hem pogut dormir massa. Estem nerviosíssimes... Volem que el partit comence ja!

–Doncs, si no heu dormit, feu el favor de menjar bé, que aquestes d'Albacete ens faran córrer fins que se'ns esborren els tacs de les botes. Serà un partit duríssim!

En eixe moment arribà Pere totalment camuflat davall d'una tona de periòdics. Els va deixar caure damunt la taula amb mala gana i, aleshores, va deixar al descobert una mirada furiosa igual que la dels terroristes més buscats que apareixen als retrats que difon l'FBI o la CIA.

–Re... Re... Res! Tot... Tothom pa... parla del mun... mundial i a nosaltres que... que... que ens donen...

Mai l'havíem vist tan fora de si.

–Set, set periòdics i... i... i no... només quatre ra... ra... ratlles sobre l'inici del camp... del camp... del campionat. Mi... mi... mireu!

En efecte, només el suplement «Zona Esportiva», que eixia cada dilluns en companyia de l'edició barcelonina del diari *El Poble*, feia una xicoteta ressenya del campionat d'Espanya femení, mig amagat entre els resultats del bàdminton i les classificacions de l'esport escolar.

–Ells s'ho perden –per desgràcia, no em va sorprendre en absolut–. Ja vindran a buscar-nos quan siguem campiones d'Espanya. Vinga, cap a l'autobús! Que ens espera la glòria.

Les xiques van pujar-hi precipitadament; en ocasions, fins i tot, xafant-se les unes a les altres. Era evident que havien caigut en la teranyina dels nervis. Allò no m'agradava gens. Calia, per tant, posar en pràctica una experiència semblant a la que va utilitzar Guardiola per motivar els jugadors del Barça contra el Manchester United en la final de la Lliga de Campions de l'any anterior. Si ell els va projectar unes imatges de la pel·lícula *Gladiator* poc abans que saltaren al terreny de joc, jo li vaig donar al conductor un CD amb les cançons més canyeres dels Rolling. I escortats per la veu de Mick Jagger i les guitarres de Keith Richards i Ronnie Wood, vam arribar a la ciutat esportiva del Barça, amb ganes d'eixir al camp i menjar-nos les jugadores de l'Albacete.

Començà l'escalfament. Intensitat? Cent per cent. Nervis? Es quedaren tots a l'autobús en companyia dels Rolling. Por? Fe cega en la victòria. Per contra, les jugadores de l'Albacete transmetien una terrible inseguretat. A penes parlaven. Els costava fer més de tres passades seguides. Almenys el partit de les sensacions ja l'havíem guanyat. I això, en futbol, és molt.

–Bé, xicones –última xarrada tècnica abans del partit–, estan acollonides. No hi ha més que mirar-les. Ara mateix desitjarien estar en qualsevol lloc del planeta, menys ací. Mengeu-vos-les! És impossible que perdeu! Però jugueu amb intel·ligència, Vera, que ens coneixem. No tenim pressa. Són noranta minuts. I una cosa més...

Silenci expectant.

–No torneu a aquest vestidor sense la victòria!

–Avant! Guanyarem!

Ja havien començat a saltar al camp, quan Vera, que aquell partit estrenava la capitania per decisió de totes, les va detindre i allargà la mà enmig del vestidor.

–Un moment, xicones, falta el ritual de la victòria.

Tots vam unir les mans a la de Vera i vam formar un gran cercle. Llavors des de les profunditats de la gola de Vera va sorgir un terrible crit de guerra:

–Què aneeem a feeer!!

–Guanyar!!! –respongué l'equip amb un crit eixordador.

–Nooo voos heee sentiiit!!! –tornà Vera, alçant encara més la veu–. Què aneeem a feeer!!!

–Guanyaaar!!!!!!

Van eixir al camp transformades en un exèrcit de bèsties infernals, entre crits d'ànim, palmellades a l'esquena i una esgarrifadora fam de victòria. És una llàstima que en el futbol només puguen jugar onze contra onze; perquè aquell dia, jo hauria posat les díhuit de titulars. Però com que això encara no ho permetia la normativa, va eixir l'equip habitual: Rut, a la porteria, Júlia, Nuri, Tere i Mar a la defensa. Laura, Carla i Paula al mig del camp. I dalt el trident format per Jennifer, Vera i Judit.

L'àrbitre xiulà l'inici del partit. Primer encontre que afrontava des d'una banqueta sense l'ajuda del tabac. Tot i que feia vora un mes que no havia tastat cap cigarret, reconec que el meu cervell encara no s'havia deslliurat del terrible jou de la nicotina. Prova d'açò és que tan bon punt va començar el partit, inconscientment, vaig tirar mà a la butxaca de la camisa per agafar el paquet de tabac que sempre m'acompanyava. Però, en comptes de tabac, vaig trobar un parell de xupa-xups de taronja, que no vaig tardar massa a obrir.

El partit, per sort, es desenvolupava tal com havíem previst. Domini total i absolut nostre, però precipitació excessiva en els metres finals.

–No tingueu pressa, que acabem de començar! Jugueu amb el cap!

A poc a poc, les xicones em van fer cas i al minut vint Paula va protagonitzar una gran jugada, que no va acabar en gol, perquè la portera, amb una estirada espectacular, va enviar el baló al córner. Vaig eixir de la banqueta d'un salt.

–Vera!! –la vaig cridar i vaig alçar la mà amb el signe de la victòria. Aquell era el senyal perquè posàrem en marxa una de les jugades de pissarra que havíem assajat durant tota la setmana anterior.

La menuda de seguida ho va comprendre i, en col·locar el baló al semicercle del cantó, repetí el meu gest. Quan l'àrbitre xiulà, Judit, que era al primer pal, eixí corrents –paral·lela a la línia de fons– cap al córner. Vera li va passar el baló i se n'anà cap al vèrtex de l'àrea. En eixe moment, Paula i Laura, que juntament amb Carla i Jennifer formaven la línia de rebuig al front de l'àrea, eixiren disparades cap al punt de penal. Nuri, que havia pujat a rematar i es barallava entre les dues centrals, se n'eixí per deixar espai a les dues jugadores que entraven a rematar. I enmig de l'enrenou que havien provocat els moviments de les nostres jugadores, Judit li tornà el baló a Vera, que, sense arribar ni a controlar-lo, el va penjar al punt de penal. I Paula, que venia en carrera, clavà el cap i envià el baló a l'escaire esquerre de la porteria. Goool!!!

El partit ja no va tindre més història. Les jugadores de l'Albacete es posaren molt nervioses i se n'anaren a l'atac sense massa trellat. Van deixar molts espais darrere i això ho aprofitaren Vera i Jennifer per marcar el segon i el tercer. Ja teníem tres punts i un gran percentatge de possibilitats per classificar-nos per a les semifinals. Perquè, a més, ens va afavorir el resultat de l'altre partit del nostre grup. El Llorca i l'Alaró empataren a zero.

Per tant, si l'endemà aconseguíem guanyar les mallorquines, pràcticament estaríem en la ronda següent del campionat.

Dilluns 24 de maig del 2010

Tothom dorm a Barcelona. zzz, zzz. Silenci. Algun ronc, segurament Àngel, tal vegada Pere. Grrr, Grrr. Hui ha sigut un dia extraordinari. Hem jugat un gran partit, hem guanyat contundentment les rivals més difícils del grup i després de dinar hem conegut un poc més aquesta ciutat. M'agrada Barcelona. No tant com València, però m'agrada molt.

Pere, mentre Àngel i Maria han repassat dues o tres vegades el vídeo del partit de l'Alaró i el Llorca, ens ha portat a fer un tomb (com diuen ací) per alguns dels llocs més emblemàtics de la ciutat. Hem vist el passeig de Gràcia, que no para massa lluny de l'hotel, amb eixes cases tan rares que va construir Gaudí. També hem visitat les rambles. Quin ambient! Botigues, bars, paradetes de flors, actors de carrer... No sabria dir-te, a ciència certa, quantes fotos ens hem fet. Volíem haver anat al port, a la zona del Maremàgnum, o al Tibidabo, que diuen que està molt bé. Però Pere s'ha encabotat a dur-nos a la Sagrada Família. En fi, té igual, com que ens quedem tota la setmana (ja veuràs com arribem a la final), ja tindrem temps de fer més turisme.

A última hora de la vesprada, l'autobús ens ha arreplegat i ens ha dut, de nou, a la ciutat esportiva del Barça per a entrenar. Com demà juguem el segon partit, Àngel i Maria han preparat una sessió molt lleugera. Escalfament, carrera contínua, assaig de jugades a baló parat i estiraments. Després de sopar, en una sala que ens han deixat a l'hotel, Àngel i Maria ens han posat un vídeo que han editat, perquè ens familiaritzem amb la forma de jugar de l'Alaró. El que més ha destacat el míster, una vegada i una altra, és que tenen una línia defensiva lentíssima que hem d'aprofitar.

–Només Déu sap –ens ha dit– per què el Llorca no els ha fet una cabassada de gols. Això sí, xicones, fixeu-vos en les davanteres. Són molt ràpides, s'entenen a la perfecció i tenen molta potència. Enguany, segons que ha pogut esbrinar Maria, entre les dues han marcat quasi cinquanta gols. Per tant, demà tornarem a jugar amb el trivot al mig del camp, per evitar que els arriben balons. I si toquen el baló, Nuri i Tere, heu d'estar damunt d'elles, que no tinguen temps de pensar. Si controlem la pilota, estic convençut que no tindrem cap problema per guanyar el partit.

–I Vera –ha continuat–, fixa't en la portera. No fa ni metre i mig, vaja, com tu...

Rialletes impertinents de les simpàtiques de les meues companyes.

–Doncs això, de seguida que t'arribe el baló, prova, segur que algun hi entra. I no oblideu que si guanyem demà i el Llorca no és capaç de véncer l'Albacete, ja estarem classificades per a semifinals. Vinga, totes a dormir!

I jo, en lloc fer cas al míster, ací estic pegant-te la llanda amb tots els meus maldecaps. Està molt bé tindre un amic com tu que sempre està disposat a escoltar-me. Bé, per hui ja n'hi ha prou. A veure si guanyem demà. Bona nit.

Barcelona no se m'assentava bé. La segona nit tampoc vaig dormir massa. Deguí adormir-me al voltant de les tres del matí. I quan ho vaig aconseguir, vaig enllaçar un malson darrere d'un altre. El més estrany de tots va ser un en el qual jo tornava a ser xiquet. I caminava molt content pel poble. Caminava cap a una casa. Una casa desconeguda. Sense tindre molt clar per què, una força estranya m'impulsava a tocar la porta. I sap vosté qui m'obria? Els meus pares. Els meus pares joves, feliços i especialment contents, que em convidaven a entrar a la casa. I arribats a eixe punt, em vaig despertar estranyament nerviós i banyat de suor. Però més m'hauria valgut quedar-me al llit, perquè no vaig poder començar el dia de manera més accidentada. No feia ni dos minuts que Maria Victòria i jo havíem deixat l'habitació quan, per obra del dimoni o d'alguna altra criatura maligna, vaig aterrar de morros contra l'ascensor. No va ser necessari avisar cap ambulància, com insistia una vegada i una altra un dels mossos de l'hotel, que arribà a posar-me nerviós. Tota la culpa va ser d'una estora mal col·locada just abans de la porta de l'ascensor. En fi, aquell xicotet incident es va saldar amb un hematoma a l'ull i tota la vesprada al llit, perquè ara mateix no recorde si hi havia alguna part del cos que no em fera mal. El partit? Estava guanyat abans d'eixir de l'hotel. La tensió no va durar ni cinc minuts. En el primer acostament a l'àrea, Jennifer marcà el primer. Al remat no recorde, ben bé, si vam guanyar cinc o sis a zero. I com l'Albacete jugà davant el Llorca sense els nervis que havia mostrat davant nosaltres, tampoc van tindre massa problemes per emportar-se la victòria.

Per tant, a falta d'un partit de la lligueta ja estàvem classificats per a les semifinals. I si no ocorria res d'estrany, ens esperava el totpoderós Barça. Objectiu complit.

8

El partit del dimecres era absolutament intranscendent. Per això vaig donar descans a la majoria de titulars, no fóra cas que es lesionaren i es perderen el gran partit contra el Barça. Si la memòria no em traeix, aquell matí jugaren: Àngela a la porteria; Helena, Sílvia, Tere i Mar, en defensa; Laura, Raquel i Anna, al mig del camp, i dalt, Jennifer, Daniela i Llúcia. Tot i no ser les habituals, van jugar a un gran nivell i van ser capaces d'empatar un partit en el qual el Llorca va tindre la iniciativa del joc. Daniela, a cinc minuts del final, marcà el nostre gol. Les companyes s'alegraren molt per ella i, amb un pelet de mala llet, començaren a cridar: «Daniela, selecció; Daniela, selecció...».

Just en el moment que l'àrbitre assenyalà la fi i ens n'anàvem cap al vestidor, algú em va agafar del braç i em va detindre. Em vaig girar, intrigat, i, aleshores, un home que devia tindre, més o menys, la meua edat, però que semblava deu o quinze anys més jove, m'allargà la mà. Vestia de manera impecable des de la punta de les sabates fins als cabells, gris plata, perfectament engominats. Em mirava amb un somriure afable, que donava a entendre que em coneixia. Però, si he de ser-li sincer, ni Maria Victòria ni jo teníem la més lleugera idea de qui es podia tractar.

–Sabater! Com estàs, vell amic? –digué amb un accent marcadament gallec.

En aquell moment el vaig reconéixer. Es tractava de Javier Sánchez, un extrem ràpid i traçut amb qui vaig coincidir dues temporades al Gandia. Sánchez i jo érem dues de les perles d'aquell Gandia gloriós, presidit per Guillermo Olagüe, que a punt estigué de jugar en segona divisió. L'any que vaig fitxar pel València, el Barcelona es fixà en ell i se l'emportà al filial. Crec recordar que va arribar a debutar en el Camp Nou en un partit de la Copa del *Generalísimo*; però com que no va tindre continuïtat en el primer equip, al final de la temporada 1974-1975 se'n tornà a la seua terra i jugà fins al final de la dècada al Celta de Vigo. Devia fer uns quaranta anys que no ens havíem vist, però el cabró estava igual, o encara més jove. Quina sort que tenen alguns...

–Dinamita Sánchez! –com li déiem al vestidor–. Quant de temps! Què fas tu per ací? Et feia per Galícia...

–Ja fa temps que visc a Barcelona. La meua dona és catalana i quan vaig penjar les botes, pràcticament m'ordenà que tornàrem a Sitges, d'on és la seua família. Ja saps, manen elles... –va riure–. Quina alegria haver-nos retrobat! Vinga, anem al bar i parlem dels vells temps. Jo convide.

Maria Victòria em va estirar una orella i em va recordar que Vera m'havia prohibit terminantment entrar a qualsevol bar. Però li vaig respondre que no es posara melodramàtica, que no pensava emborratxar-me. Que em demanaria un poliol, una tònica o, si tenia molt de mono, una d'eixes fastigoses cerveses sense ànima.

El bar era molt a prop del camp on ens havia tocat jugar aquell matí. Anant-hi ens trobàrem uns quants empleats del club que, en saludar Sánchez, ho feien amb el tractament de *don Javier*. No calia ser un home massa llest, per saber que Sánchez estava vinculat d'alguna manera al Barcelona.

–Miquel, posa'ns dues canyes i un plateret d'ametles –li demanà al cambrer.

Prenguérem seient. Sobre la taula la premsa esportiva del dia. El *Mundo Deportivo* obria amb una àmplia entrevista a David Villa, el davanter que el Barça ens acabava de pispar. Quan el cambrer ens serví les dues cerveses, Maria Victòria va fer tan mala cara que, molt a pesar meu, vaig haver de demanar al cambrer que me la canviara per una sense alcohol.

–Tu qui ets ací, l'amo de la ciutat esportiva? –li vaig preguntar després d'agafar un parell d'ametles.

–No, no. Ha, ha, ha! –va riure, mentre em pegava una palmelladeta al muscle–. Ja m'agradaria a mi. Sóc el director esportiu de la secció femenina del Barça.

–Ah, sí. Doncs, que sàpies que vos eliminarem –vaig marcar el territori.

–Home, he de reconéixer que has fet un gran treball amb les teues xiques. Sou l'equip revelació. Tothom ho diu.

Vaig envermellir, però no tant com Maria Victòria.

–Jo... jo no he fet res... Són elles... Són unes grans jugadores. En especial, Vera. Si eixa xicona haguera tingut la sort de nàixer xic, o si aquesta societat fóra d'una altra manera, se la rifarien els millors equips d'Europa.

–Doncs mira, precisament d'ella volia parlar-te. M'han dit que és la teua filla, no?

–...Bé... més o menys... Sí.

Sánchez va somriure i va fer un senyal al cambrer, que, tot seguit, ens portà una carpeta de cartó amb l'anagrama del Barcelona.

–Et seré sincer, hem seguit les evolucions de Vera en els dos partits que ha jugat i t'he de dir que ha impressionat els tècnics.

El cor començà a bategar-me de valent. Maria Victòria no podia ni creure's el que acabava de revelar-nos Sánchez.

–Per això, com a pare, volíem fer-te una oferta per ella –Sánchez obrí la carpeta i m'allargà l'esborrany d'un contracte per al juvenil del Barcelona–. En principi ens agradaria que començara a jugar amb el juvenil, però la idea és que s'entrenara amb el filial i que tan bon punt poguera, fera el salt.

–No sé què dir-te...

–No li pagaríem massa... Evidentment el futbol femení no genera tants ingressos com el masculí; però saps que al Barça ens preocupem molt pels nostres jugadors i que no li faltaria de res. Podria allotjar-se a la Masia, on també continuaria els estudis.

Per fi una bona notícia. Era l'oportunitat que havíem somiat des que arribàrem a Barcelona. Però, com estàvem a punt de descobrir, aquella oferta tenia truc.

Sánchez, amb un somriure cínic, va començar a explicar-me la lletra xicoteta del contracte.

–Com veus, és una proposta immillorable per a la teua filla... Ara, a canvi, ens agradaria que tinguéreu un detall amb nosaltres.

–No sé per què, però sospite que eixe detall no em farà gens de gràcia.

–Seré franc, Sabater. El més normal és que guanyem nosaltres, però en el futbol, com bé saps, dos i dos no sempre sumen quatre. No volem prendre cap risc. És importantíssim per al club guanyar aquesta competició. Per tant, Vera serà a tots els efectes jugadora del Barça, sempre que demà no jugue i siguem nosaltres qui passem a la final.

–Però, com em demanes això? Les xicones estan superil·lusionades amb el partit de divendres... Vindran les famílies, els amics... Jo no puc demanar-los que perden...

–T'estic oferint un futur per a la teua filla. Pren el contracte, no cal que em respongues ara. Llig-lo, estudia'l i si n'hi ha algun detall que no t'agrade, podem canviar-lo. Sé que ets intel·ligent i que sabràs valorar què és el millor per a la teua filla. Parlem divendres, després del partit.

Sánchez s'alçà de la cadira i, amb el mateix somriure i la mateixa mirada que m'havia segrestat mitja hora abans, se n'anà. Maria Victòria i jo ens quedàrem fotuts, amb la mateixa sensació d'impotència que Abraham experimentà quan el Senyor li ordenà que assassinara Isaac, el seu únic fill.

Dijous 27 de maig del 2010

Hauria d'estar dormint, ja ho sé. Però no hi ha manera. Com envege Judit. Ella ha sigut tocar el coixí i caure redona. Mataria per tindre la seua tranquil·litat. Però no hi ha manera. Quins nervis!

Demà és el gran dia. La semifinal contra el Barça! Tant de bo que ja haguera passat tot... Si guanyem, jugarem la final i ens convertirem en les millors jugadores d'Espanya... T'imagines? Aiii, quines ganes que el baló comence a rodar!!

Hui Àngel ens ha tornat a insistir que han de ser elles les que dominen el baló i que nosaltres hem de preocupar-nos de la defensa i d'intentar eixir ràpid a la contra. Pel que hem pogut veure en el vídeo, les centrals no tenen massa velocitat, per tant, si ens deixen espais lliures, estan mortes.

Bé, tanque el llum, a veure si sóc capaç de dormir quatre o cinc horetes, perquè si no, demà no podré ni amb les botes...

A les sis del matí, Maria Victòria i jo vam decidir que ja era hora d'alçar-se. Pere roncava com un búfal en zel, al llit del costat. Com la cafeteria no obria fins a les set i mitja, Maria Victòria i jo decidírem endinsar-nos pels carrers barcelonins, en aquelles hores lleganyoses. Anant cap al passeig de Gràcia, escoltàrem els primers badalls de la ciutat acompanyats pels últims ratpenats que acomiadaven la nit. Em costava caminar. Maria Victòria em va dir un parell d'ocasions que intentara respirar fondo per asserenar-me. Però com bé sap vosté, una cosa és la teoria i una altra, ben distinta, la posada en pràctica.

No estàvem a soles. Ens acompanyava aquell maleït paper que Sánchez m'havia deixat damunt de la taula, abans d'anar-se'n i deixar-nos plens de dubtes i de maldecaps. «Què podem fer, Maria Victòria.» Esperava que em responguera amb el trellat del qual sempre havia fet gala. Però aquell matí no va parlar. No va dir res. Només em mirà de dalt a baix i callà.

Mai de la vida m'havia deixat comprar per perdre un partit. Això anava contra els meus principis. Per guanyar, ja ho crec que ens havíem repartit maletins. Però, per perdre, fins i tot un personatge tan miserable com jo, no ho veia clar. Oh, quin maldecap! Li jure que en aquell moment vaig desitjar que Vera estiguera lesionada. D'eixa manera tot hauria sigut molt més fàcil.

Aleshores, el rètol lluminós d'una farmàcia de guàrdia em va obrir els ulls. Si Vera, pel motiu que fóra, patia alguna indisposició, no podria jugar el partit. Maria Victòria, que per fi despertà del seu silenci, intentà parar-me els peus. Que no, que això no, que segur que hi havia solucions millors. Però és clar que no n'hi havia cap alternativa més. Una hora i mitja més tard, quan Vera baixà a la cafeteria, li vaig acostar una tassa de llet amb cola-cao, barrejada amb tres sobres del laxant més potent que em van vendre en aquella farmàcia. Els efectes no tardaren ni vint minuts a produir-se.

A les quatre i mitja de la vesprada arribà l'autobús per a dur-nos a la ciutat esportiva del Barça i Vera, amb llàgrimes als ulls i més blanca que la paret, no tingué altre remei que quedar-se a l'habitació. Vaig obrar bé? Jo em pense que sí.

Divendres 28 de maig del 2010

Es pot tindre pitjor sort que jo? Quina merda! (mai més ben dit). Tota la temporada esperant aquest moment i quan arriba, nyas! Gastroenteritis! No sé què se'm deu haver assentat malament. Si total m'he pres un got de llet i unes galetes... I anit, et jure que no em vaig passar amb res. No ho entenc. Quin fàstic!

Hala, una altra botella d'Aquarius que se'n va a la paperera. Sense exagerar, jo crec que me n'hauré begut deu o dotze des d'aquest matí. És l'únic tractament que m'ha donat el doctor de la federació: que bega Aquarius i que descanse. I que si m'entra fam, que demane una poma ratllada o unes llesquetes de pa torrat amb oli. No vull cantar victòria, però crec que ja ha passat el pitjor. Ja deu fer una hora que no vaig al vàter. Però quan les xicones se n'han anat, estava tan feta pols que ni he pogut eixir de l'habitació per acomiadar-me'n. Quina plorera... Judit i Maria, en representació de totes, han entrat a l'habitació i m'han dit que no em preocupe de res, i que procure recuperar-me per a la final. Tant de bo!

Fa deu minuts que marxa el partit. Segons que m'ha comentat Maria en un *whatsapp*, hui Àngel ha tret un equip més defensiu. En lloc del quatre-tres-tres habitual, juguem amb un quatre-quatre-dos. La idea és protegir les bandes i també reforçar el mig del camp. Segons que vam veure al vídeo, si la migcentre té el baló, no hi ha res a fer. Ja veurem... Mira, un *whatsapp* de Maria! Novetats en el marcador! I si haguérem marcat? Hem treballat molt els contracolps i les jugades a baló parat...

Oh, quina llàstima! El Barça ha marcat el primer. Li he contestat que no passa res, que encara queda molt de partit... Però Maria diu que ho estem fent tot al revés, que ens n'han marcat un, però que ja podríem anar dos o tres a zero. Com és possible? Quina impotència! No poder estar allí...

Un altre *whatsapp*! No sé si mirar-lo o què... Pel que diu Marieta, hui la cosa no pinta gens bé... Efectivament, dos a zero...

Mira, saps què et dic, que li'n donen al metge, a la meua panxa i al senyor Roca! Ara mateix m'agafe una altra botella d'Aquarius, un parell de pomes, em demane un taxi i em plante a la ciutat esportiva. No puc quedar-me ací quieta, mentre humilien les meues companyes. Desitja'm sort!

Pobres xiquetes. Quin ridícul estaven fent per culpa meua. Per una vegada Maria Victòria no em durà la contrària; pregunte-li-ho, si vol. No només vaig deixar Vera fora de l'equip inicial, sinó que les vaig convéncer perquè se centraren més en la defensa que en l'atac. Els vaig fer creure que davant tenien no el Barça femení, sinó el de Xavi, Iniesta i Messi. I elles, com es prenien tan seriosament les meues instruccions, les acataren, sense posar res en dubte. Calia prendre una decisió i jo l'havia presa. En la balança va pesar més el futur de Vera, que no la il·lusió de vint xicones de convertir-se en les millors juvenils d'Espanya. Maria Victòria mai s'atrevirà a confessar-ho en públic, però jo sé que ella també hauria pres la mateixa decisió. Vera, la nostra Vera, l'any següent jugaria al Barça.

Al descans, la missió estava quasi aconseguida. No recorde tantes llàgrimes des que Cañizares s'arrancà del coll la medalla de plata, després que el València perdera la segona final de Champions consecutiva. Quan l'àrbitre va assenyalar la fi del primer temps, una a una anaren entrant al vestidor amb els ulls negats i l'ànima esgarrada. La nostra afició, que havia vingut un autobús ple a rebentar, quan encaixàrem el segon gol va emmudir. Vora quatre-cents quilòmetres per contemplar aquell espectacle en blanc i negre. Tot per culpa meua. I enfront, llum i color, alegria i festa. Sánchez, gomina, corbata i sabates lluents s'esforçà perquè m'arribara un dels seus somriures quan el Barcelona marcà el segon. L'hauria agafat del coll...

I en eixe moment aparegué Vera. Quan la vaig veure arribar amb el xandall, la motxilla a l'esquena i les botes a la mà, vaig sentir-me com si després de passar tota la vesprada construint un castell de cartes, un bufit m'ho haguera enviat tot a la Xina.

–Pe... pe... però, Vera, què fa... què fas ací –els assegure que era jo, no Pere.

–Àngel, estic bé, un poc fluixa, però bé. Vull jugar.

Emergència. Va sonar el telèfon roig de Moscou.

–Vera, no... No pots jugar.

–Que no m'has sentit que ja estic bé. Em pose a calfar i d'ací a deu o quinze minuts entre. Mitja hora l'aguante.

–No, no m'entens. *No* pots jugar –Maria Victòria em va ajudar a emfatitzar l'adverbi negatiu.

–Com que no puc jugar? Què passa ací? Em perd alguna cosa?

Silenci. No li vaig aguantar la mirada. Vaig girar el cap.

–Àngel, per favor! A mi no m'enganyes... Què m'ocultes...

–Vine, acompanya'm, no vull que ningú ens escolte.

Vam anar fins al camp del costat, on no hi havia ningú. Quan em vaig assegurar que no hi havia cap ull indiscret, li vaig mostrar el contracte que havia firmat, com a representant legal seu, perquè l'any que ve jugara al Barcelona i li vaig contar la clàusula no escrita que havia posat Sánchez.

–Trenca'l –digué Vera sense deixar-me ni acabar l'explicació.

–Com dius?

–Les xicones no s'ho mereixen... Clar que m'agradaria jugar al Barça, Àngel, però no d'aquesta manera. Si tan bona pensen que sóc, que em fitxen. Però després que els peguem un puntelló al cul. Trenca el contracte.

–Però, Vera, és una gran oportunitat per a tu. Pensa que...

–No vull pensar res –m'interrompé–, l'únic que vull es posar-me l'equipatge taronja del nostre equip i deixar-les fora de la final.

–És la teua última paraula?

–Sí.

–Doncs, corre! Vés a canviar-te i posa't a escalfar, que perdem dos a zero.

Maria Victòria m'arrabassà el contracte de les mans i amb una alegria que feia temps que no li havia vist, l'esgarrà en mil trossos. Des d'allí mateix vaig sentir els crits de les xiques quan Vera entrà al vestidor. I al cap d'uns quants segons ressonà el crit de guerra de Vera:

–Què aneeem a feeer!!

–Guanyaaar!!

Començà la segona part.

9

Javier Sánchez, com a bon gallec, era molt supersticiós, encara que no ho admetera en públic. Quan vam ser companys al Gandia, cada vegada que xafava un camp de futbol ho havia de fer primer amb el peu dret i després de senyar-se tres vegades. Si hi havia la circumstància que algun dimarts 13 tocava entrenar-se, sempre s'inventava una excusa o una altra per quedar-se al vestidor. Tots ens réiem d'ell i li preguntaven si creia en *las meigas*. Ell, tot seriot, responia que «*haberlas, haylas*». Per això, aquella vesprada, quan un gat negre saltà al terreny de joc just abans que el col·legiat xiulara l'inici de la represa, Sánchez segurament començà a pensar que l'encontre podria complicar-se. El gat a penes deambulà uns quants segons pel terreny de joc i, de fet, passà desapercebut per a la major part del públic, però Sánchez el veié. Ja ho crec que el veié, perquè des de la banqueta, Maria Victòria i jo observàrem com s'encomanà a Déu.

Les xiques eixiren al camp amb una actitud ben diferent de la que havien mostrat durant la primera part. Tornaren els crits d'ànim. La llum reaparegué als ulls. I la por i els nervis es quedaren al vestidor. Podrien guanyar o perdre, però aquelles xicones, com en la mítica pel·lícula protagonitzada per Errol Flynn, xafaren el camp amb la voluntat de morir amb les botes posades, si calia.

El Barcelona, com tothom havia previst, es quedà al seu camp i ens va cedir el baló. Els primers deu minuts van ser de domini asfixiant nostre. Paula i Júlia protagonitzaren un parell d'incursions per les bandes, que per molt poc no trobaren el cap de Jennifer o el peu dret de Judit. Les blaugrana intentaren espolsar-se la pressió, però tot eren pèrdues de baló i pilotades sense massa criteri. Mentrestant, Vera, que sincerament encara no sé d'on havia tret les forces, intensificava l'escalfament i s'esmolava els tacs de les botes, com el guerrer que estava a punt d'entrar en batalla.

I al minut quinze arribà el seu moment.

–Bé, xicona, entraràs per Laura. Total llibertat de moviments. Fes el teu joc i ximpum! Dis-li a Jennifer que caiga més a bandes per obrir més espais. I a Carla que no tinga por de pujar a rematar. Hem de marcar siga com siga, només ens queda mitja hora...

–Tranquil, Àngel, diumenge estarem a la final –respongué totalment convençuda d'aquelles paraules.

–Una cosa més...

El guió havia previst que li diguera que la volia molt i que, a pesar que no compartíem sang, jo ja feia molt de temps que la considerava filla meua. Ella i Maria Victòria es quedaren expectants, però quan les paraules ja em fluïen pels llavis, vaig decidir saltar-me el guió:

–Res... que si passen els minuts i no marquem, vull que agafes responsabilitats, que busques porta des d'on siga.

–D'acord, Àngel.

Vera eixí al terreny de joc enmig dels aplaudiments de la nostra afició. Mentre corria cap al mig del camp per donar les instruccions a les seues companyes, em vaig girar cap on era Sánchez. El gallec, tot fora de si, em mirà amenaçadorament amb els ulls oberts com a plats, alçà el dit índex i se'l dugué repetidament a la templa, per dir-me que estava boig. Jo, tot i que sé que no vaig estar molt elegant, vaig alçar el dit cor de la mà dreta i, amb un somriure irònic, li'l vaig dedicar a ell i a tota la seua família.

L'entrada de Vera encara li va donar més verticalitat a l'equip. L'entrenador blaugrana, un pipioli barbamec que no devia tindre ni vint anys, ho va advertir i li ordenà a la seua migcentre que es convertira en l'ombra de Vera i que no la deixara ni respirar. Malauradament per a elles, no va ser capaç de frenar-la. I al minut vint-i-cinc, en una jugada sense perill aparent, Vera es va traure de la mànega una passada espectacular a l'interior de l'àrea que Jennifer va agafar i va transformar en el dos a u.

–Goool! –quasi saltàrem al camp de l'emoció. Com ens vam abraçar a la banqueta! L'afició va reviscolar!

–Vinga xicones, que podem! –cridà Vera.

–Ja són nostres! –Nuri també confiava en la remuntada.

Sánchez llançà un crit a l'aire i abandonà la tribuna. El vaig seguir amb la mirada fins que desaparegué engolit pels vomitoris. Simplement per veure la cara que se li havia quedat a aquell cabró, ja valia la pena tot el que estàvem fent.

El gol ens va donar ales i va posar molt nervioses les jugadores del Barcelona. El tècnic culé va traure a escalfar tota la banqueta. O molt m'equivocava o no tardaria a reforçar la defensa.

–No baixem la intensitat! Però no perdem el cap que encara queda molt de temps! Avancem la línia de pressió un poquet més! –ja no aguantava més a la banqueta i vaig saltar a l'àrea tècnica.

Feia temps que no vivia un partit de futbol amb tanta intensitat. Quins nervis! Cada vegada que ens acostàvem a l'àrea podia arribar l'empat. El Barça era un equip sense ànima i nosaltres semblàvem un exèrcit de zombis amb fam de sang i budells. Per desgràcia, la portera barcelonina estava jugant el partit de la seua vida i el cronòmetre avançava veloç cap al minut noranta. No hi havia justícia!

Al minut huitanta-cinc, aclaparat per unes pulsacions exageradament altes, vaig decidir tornar a seure a la banqueta. En aquell moment no li vaig donar massa importància, però reconec que començava a tindre problemes perquè l'oxigen m'arribara amb la fluïdesa necessària. Cinc minuts. Només quedaven cinc minuts. Havia arribat el moment d'encomanar-me a la patrona del meu poble. Vaig tancar els ulls, vaig ajuntar les mans i quan començava a invocar la Mare de Déu de la Font, Maria m'estirà el braç i, entre crits, m'assenyalà Vera. La xicona va agafar el baló al mig del camp, arrancà a córrer, se n'anà de dues jugadores i quan tothom pensava que acabaria la jugada amb un xut, li cedí el baló de tacó a Judit, que estava completament a soles...

–Goool! Goool! Goool!

Judit corregué cap a Vera i se li tirà damunt. La resta de l'equip es llançà damunt d'elles. Maria saltà damunt de mi i Maria Victòria, pobreta, eixí redolant. Sonaren els tambors a la grada. L'afició no s'ho creia. Més d'un començà a plorar d'emoció. Per contra, l'entrenador del Barcelona, consumit per la ràbia, llançà una botella d'aigua a l'aire que no ens va pegar per ben poc. I Sánchez? On era Sánchez?

–Ment freda, xicones! Ment freda! –aquella va ser la meua veu quan vaig aconseguir alçar-me de terra–. Encara no hem aconseguit res! Ja ho tenim quasi, però falta rematar la faena! Concentració! Con-cen-tra-ci-ó!!!

En aquells moments, l'equip blaugrana era com un boxejador que acabava de rebre la pallissa del segle i que esperava el colp de gràcia mentre comptava els pardalets que li orbitaven al voltant del cap. Aleshores, quan el Barcelona va traure des del mig del camp, Carla de seguida va agafar el baló i va organitzar un contracolp rapidíssim. El baló li va arribar a Paula, que va centrar a l'àrea per buscar el cap de Jeniffer. Però en aquesta ocasió la central catalana va ser més ràpida i envià la pilota a córner. «Jugada de pissarra», vaig pensar, «prepareu-vos que ve el gol!».

Vera, com si m'haguera llegit la ment, va col·locar el baló al costat del banderí del córner i es va abaixar la calça dreta. Aquell era el senyal de la jugada assajada número tres. Es tractava del famós córner que va traure el València de Ranieri contra el Barcelona en els quarts de final de la Copa del Rei del 1999. Per si no el recorda, senyor Castany, en aquella ocasió Adrian Illie, la Cobra, quan tothom pensava que penjaria el baló al punt de penal o al segon pal, el va bombejar al semicercle de l'àrea, on va aparéixer Gaizka Mendieta, que, amb una canonada imparable, el va enviar a l'escaire esquerre de la porteria que defensava Hesp. Segons ho havíem assajat, Vera faria el paper d'Illie i Paula, que tenia un xut molt potent, intentaria la proesa de Mendieta.

Vera va agafar carrereta, s'acostà amb decisió cap al baló, però en el moment de colpejar-lo, va relliscar i, mire si vam tindre mala sort, que l'esfèric li va caure a la lateral esquerra del Barça.

–Cap arrere! Baixeeem! –vaig cridar amb les poques forces que em quedaven. En a penes mig segon s'organitzà una terrible contra blaugrana. Del no res aparegueren quatre jugadores del Barcelona, per només dues del nostre equip.

Amb dues parets, una davantera blaugrana es plantà en les immediacions de la nostra àrea sense cap defensa que l'impedira enfrontar-se cara a cara amb Rut. La vista se m'apagà. Maria Victòria tornà a caure en terra. I quan els ulls es dignaren a tornar a oferirme les imatges del partit, vaig veure els tacs de Rut impactant contra el turmell de la davantera catalana. Un crit aborronador silencià la ciutat esportiva. Una targeta roja ens deixà sense portera. I tot i les protestes de la banqueta rival, l'àrbitre, en comptes d'assenyalar penal, xiulà lliure directe, a penes dos dits davant de la línia de l'àrea gran.

Poalada d'aigua gelada, com segurament dirien els locutors radiofònics, si aquell partit s'emetera en directe. El Barcelona, que estava mort, renaixia de les cendres. I nosaltres, que havíem fet una gran remuntada, podíem quedar-nos sense premi.

–Àngela, posa't els guants que ixes! –Maria, davant el meu bloqueig mental, li ordenà a la portera suplent que es preparara per entrar en combat.

–Àngel, a qui canviem? –em preguntà.

Mare de Déu! Era el pitjor que ens podia haver ocorregut. Una jugadora menys i damunt sense la portera titular. Maria em tornà a preguntar el nom de la jugadora que havíem de canviar; però el cervell continuà negant-se a processar la pregunta.

–Àngel! Que no em sents?

–Sí... sí... Per Judit, que isca Judit.

Àngela, amb una cara d'esglai que confirmava els meus patiments, eixí al camp. Els batecs del seu cor s'escoltaven perfectament des d'Albal, on vivia la seua iaia. Vera començà a aplaudir i a cridar, perquè l'equip no s'enfonsara.

–Vinga, Àngela! Ets la millor! Ho faràs molt bé!

Àngela va demanar que cinc xicones formaren la tanca defensiva. La falta, tot i estar en una posició bastant centrada, queia més a la dreta. La posició era bona per a una llançadora esquerrana, però millor per a una dretana. I així va ser, Clara Esteve, la jugadora número 8 del Barça, que jugava d'interior dreta, va plantar el baló.

–Maria, Maria... –la veu a penes m'eixia–. Dis-li

que cobrisca bé el seu pal... No té cap opció més... Tirarà a trencar pel pal de la portera.

Quan la jugadora blaugrana agafà carrereta, el temps es va parar a la ciutat esportiva del Barcelona. És possible que la gent cridara i animara, però jo només recorde silenci. Molt de silenci. I xutà. I com esperàvem, el baló buscà el pal que cobria Àngela. I la portereta, que en altres partits ja ens havia mostrat les seues habilitats, volà com un cangur, alçà la mà esquerra i va ser capaç de rebutjar el baló quan la banqueta blaugrana ja quasi celebrava el gol. El rebuig va quedar curt, però Tere, molt atenta, envià el baló al cel barceloní i l'àrbitre, abans que donara temps a cap jugada més, assenyalà la fi del partit. Pròrroga. Vaig respirar alleugerit.

Les xicones s'acostaren lentament a la banqueta. Pel camí tot van ser ànims i abraçades a Àngela per la seua gran intervenció. Vera continuava cridant, no havíem perdut res. La victòria era possible.

–Hidrateu-vos que heu fet un gran esforç aquesta segona part... –Maria començà a repartir botelles d'aigua i de begudes isotòniques entre totes les jugadores–. Vera, com estàs?

–Bé... bé... només queda mitja hora, aguantaré...

–A veure, xicones –els vaig dir, sense alçar-me–, patirem moltíssim en aquesta pròrroga... –com em costava parlar–. L'expulsió ens ha fet molt de mal... Elles estan més fresques que nosaltres i, a més, en són una més... Hem de canviar el xip... Ara hem de protegir la nostra àrea... I que siguen elles... qui es cansen...

Vera em va mirar, preocupada.

–Per tant, Vera, Jennifer... La vostra tasca canvia... Ajudeu en defensa... I estigueu atentes a qualsevol oportunitat que puguem tindre a la contra... Ens queda només un canvi... Però, si tot va bé, el deixarem per al segon temps...

–Estàs bé, Àngel? –per un moment Vera s'oblidà del partit.

–Sí, xicona, sí... No et preocupes... Estic un poquet cansat... Però hui em gitaré enjorn i ja està... Tu, a guanyar.

La xicona va somriure i repetí en veu alta les meues paraules:

–A guanyar!!!

–Vinga!! –respongué la resta de l'equip.

La primera part de la pròrroga va ser un autèntic calvari. Li assegure que no exagere si li dic que els primers quinze minuts del temps afegit es van jugar en la nostra àrea. Balons penjats per la dreta. Centrades per l'esquerra. Un córner. Dos córners. Tres córners. Falta des del vèrtex esquerre de l'àrea. Falta des del vèrtex dret. Xut des de la frontal. Rematada al travesser. Parada d'Àngela. Canvi de camp...

L'entrenador blaugrana veié que el partit estava al seu favor i decidí, com Cortés, cremar les naus i jugar-se el tot pel tot. Al minut dos de la represa de la pròrroga, introduí els dos canvis que li faltaven i passà a jugar amb tres defenses, quatre migcampistes i tres davanteres. Després de la primera ocasió, claríssima, que només la Mare de Déu de la Font decidí que no fóra gol, vaig decidir reforçar l'equip. Jennifer eixí i entrà Raquel, per tractar de reconstruir el nostre mig del camp que feia aigües per tots els costats.

El canvi serví de ben poc, perquè el Barcelona estava en dinàmica guanyadora. Les blaugrana continuaren llançant-nos bombes, unes vegades amb més encert que altres; però, afortunadament, sense aconseguir el premi del gol. L'única opció que teníem era aguantar fins al final i jugar-nos-ho tot als penals. Però quan faltaven a penes trenta segons per finalitzar el partit, ocorregué un imprevist.

La central dreta del Barça tenia el baló al cercle central còmodament. Llavors, quan va veure que Vera intentà pressionar-la, es girà i volgué passar-lo a una companya. Però, o li pegà en terra, o es confià, o qui sap què li va passar pel cap, el cas és que la pilota quedà molt curta i abans que arribara a la lateral, Vera xafà l'accelerador i amb les poques forces que li quedaven es llançà en carrera cap a la porteria del Barcelona. Les defenses catalanes tardaren mig segon a reaccionar. I quan se n'adonaren, Vera ja era a tres o quatre metres de l'àrea. La portera blaugrana va eixir a la desesperada. Vera, per evitar-la, s'escorà cap a l'esquerra i caient i quasi sense angle, disparà. El baló, sense massa força, eixí cap a la porteria. La central blaugrana es llançà en planxa per tractar d'evitar l'inevitable. Totes les xiques de la banqueta saltaren al camp. L'entrenador blaugrana es tapà els ulls. El gat negre que havia envaït el camp a l'inici de la segona part, tornà al terreny de joc. I quan l'àrbitre es duia el xiulet a la boca per decretar el final del partit, el baló traspassà la línia de gol i, de sobte, vingué la foscor.

Vaig sentir una estranya i aborronadora sensació de tranquil·litat. El cos se'm va fer lleuger, com una ploma, i, a poc a poc, una força sobrehumana va estirar de mi cap amunt. Maria Victòria em mirà amb eixos ulls que posava sempre que les coses no marxaven com ella volia i tractà de pronunciar alguna paraula. Sense que ens donara temps a comprendre què ens ocorria, s'obrí un túnel de llum que, a poc a poc, ens va engolir. I va ser aleshores quan ens vam conéixer.

–Bona nit, senyor Sabater –va començar a dir-me vosté molt amablement–, sóc Miquel Castany, l'avi del seu cardiòleg.

–... Que vosté és l'avi del meu cardiòleg? Doncs, això significa que m'acabe de morir...

–En efecte, senyor Sabater. M'han enviat per guiar-lo en aquesta nova etapa que és a punt de començar. M'imagine que deu estar angoixat. No es preocupe. A tots els passa. Vinga per ací...

LA PRÒRROGA

Mai havia pensat que moriria així, senyor Castany. Jo estava convençut que trobarien el meu cadàver al saló de casa dos o tres mesos després d'haver mort; quan la pudor de descomposició ja no es poguera aguantar i els veïns alertaren la policia. Imaginava que ningú no em trobaria a faltar... Per això, cada vegada que pense en Vera, en com ho està passant de malament, no puc contindre l'emoció. Pobreta!

Sap, anit, abans de gitar-se, Vera agafà un full i un bolígraf i em va escriure una carta. Una carta d'eixes que escrius per acomiadar-te d'algú que se n'ha anat abans de temps. Hi va abocar tot el dolor que li esgarra l'ànima. Va ser una nit de llàgrimes. I Maria Victòria i jo volguérem compartir-la amb ella.

Barcelona, 12 de juny del 2010

> Hola, Àngel, com estàs? Espere que millor que jo.
>
> M'acabe de fumar un canut. Sí, ja sé que no ho hauria d'haver fet, que no és bo per a mi i tota la murga eixa. Ho sé de memòria, no cal que m'ho repetisques. Ho necessitava i punt. Hui ha sigut un d'eixos dies que t'asseus a pensar i arribes a la conclusió que no li caus bé al d'allà dalt. Uns li diuen Déu, uns altres Al·là, per mi com si li diuen Frederic, tant se val. El cas és que m'ha estat fent la vida impossible des

d'abans de nàixer. No em deixà tindre pare. Em furtà la mare. I quan, per fi, arriba algú que es preocupava per mi, també me l'ha llevat. Per què... Per què... Per què... Per què!!!

Fa dues setmanes que te'n vas anar. Encara no puc fer-me'n la idea. Cada vegada que entre a casa, vaig directament al menjador a veure si et trobe de cara a la tele, amb una cerveseta sense alcohol i el periòdic del dia que sempre li furtaves a la del forn. També cada vegada que passege pel costat del bar de Vicent no puc evitar clavar el nas, per si és allà on t'amagues de mi. Però no. Per desgràcia açò no és cap joc. He d'assumir-ho ja. Te n'has anat per sempre...

Mai oblidaré el dia del soterrar. Va ser encara més trist que el de ma mare. Va vindre moltíssima gent al tanatori. Tots volien dir-te adéu. Judit, pobreta, no hi havia manera que deixara de plorar. La resta de les xiques també estaven molt afectades. No va faltar quasi ningú del barri: la fornera, el del quiosc, els amigots del bar... També va aparéixer Mostatxet, que em va insistir tres o quatre vegades que mai oblidaria el que havies fet per mi. I a punt d'eixir cap al cementeri, va arribar el president del València en persona, que et va concedir la insígnia d'or i brillants del club a títol pòstum. Vaig haver de besar-lo dues vegades. Com hauries gaudit d'eixe moment, jo antivalencianista declarada, besant el presi del teu equip...

Ara, també t'he de confessar que tot açò no ho hauria pogut aguantar sense Empar. Ha sigut el meu gran suport aquests dies. Així que va conéixer la mala notícia, em telefonà i em digué que no em preocupara de res, que ella ja s'encarregaria de tot. Ella cridà a la funerària, va fer els tràmits amb els metges i ara s'encarrega de tota la paperassa. No tinc clar encara què serà de mi, però estic tranquil·la, perquè tinc Empar al meu costat. Segurament la setmana que ve em traslladaré a viure amb ella i és possible que posem el teu pis en lloguer. No ho sé... M'imagine que estaré bé... Però m'havia acostumat tant a les teues manies...

Bé, per si no ho saps, som a Barcelona de nou. Demà de matí juguem el gran partit. Sí, com ho sents, demà juguem la final del campionat d'Espanya contra l'Athletic de Bilbao. Hem d'agrair-los, tant a elles com a l'organització, el gran detall que van tindre amb nosaltres, ajornant la celebració de la final fins demà.

Sincerament, no tenia massa ganes de jugar, però totes m'han convençut i m'han insistit que és el millor homenatge que podríem fer-te. I és de veres. Demà quan l'àrbitre xiule l'inici del partit, anirem a totes i et dedicarem la victòria.

En fi, res més. Només volia dir-te que et trobe molt a faltar, que estic molt trista des que te n'has anat i que mai, mai, t'oblidaré.

Vera

PD. Ah, se m'oblidava, que sàpies que aquesta vesprada el Llevant li ha guanyat 3 a 1 al Castelló i, matemàticament, ja som de primera!! No deies que no ho aconseguiríem mai? Doncs, ja veus, t'has equivocat. La llàstima és que l'any que ve no podré fer-te la punyeta quan vos guanyem els dos derbis. Perquè tinc clar que vos destrossarem.

–Pobra Vera, quina vida més dura –va expressar el senyor Castany.

–Sí, ho ha passat malament... Però ara el que em preocupa és el futur de la xiqueta.

–Que això no li lleve la son, senyor Sabater. La seua filla ja ha trobat el camí correcte. Vosté li'l va marcar. A més, no estarà a soles. Eixa Empar és una gran dona. No comprenc com la va deixar escapar...

–Uf... Ja li he dit, senyor Castany, que hi ha molts aspectes de la meua vida dels quals no estic massa orgullós. Per sort, tot i que al final del camí, gràcies a Vera, vaig canviar.

–Així és. Mai és massa tard per agafar les regnes de la vida, ni tan sols en el seu cas. I ara, deixe aquests maldecaps, i gaudisca del partit, que ja li dic jo que serà molt emocionant.

Els dos equips eixiren al terreny de joc. Vera, amb el braçalet de capitana, els cabells ben engominats i el rostre seriós, encapçalà l'esquadra valenciana. I una xicona morena amb els cabells llargs que devia ser el doble de gran que ella, va obrir el camí de les jugadores de l'Athletic de Bilbao. Les dues aficions les reberen en peu, entre forts aplaudiments. El senyor Castany, que fins aquell moment s'havia mantingut al marge de l'espectacle futbolístic, s'alçà i aplaudí com un aficionat més. Després de les fotos de rigor, les dues capitanes i l'àrbitre arribaren al mig del camp i sortejaren els camps.

–Mire, ha guanyat Vera! Traiem nosaltres!

–Bon senyal, senyor Sabater!

L'àrbitre consultà el cronòmetre i xiulà l'inici del partit. Llavors, Vera es besà la mà, assenyalà al cel i, mentre colpejava el baló cap avant, va exclamar:

–Va per tu, papà...

ÍNDEX

Altres títols de la col·lecció

La clau que obria
tots els panys
de Carles Cortés
ISBN: 978-84-9026-404-1
«Espurna», 114

A l'illa d'Incastruç fan escola de nit i el sol es pon per l'est. Aquest territori singular es regeix per la Norma, que limita i ordena les accions dels seus habitants, sobretot els més joves. Toni és un d'ells. Aventurer nat, no s'hi conforma i desitja anar més lluny. Toni vol explorar les misterioses coves de l'illa i també anar més enllà de la seua mar dolça, fins al lloc on diuen que tot és al revés que al seu món. Per això ha decidit transgredir la Norma i, després de trobar un amulet amb ànima pròpia, emprendrà un viatge màgic i apassionant que canviarà per sempre la seua vida.